ふるさと銀河線

軌道春秋

高田郁

双葉文庫

目次

お弁当ふたつ

お酒を振りかけた鶏肉は、ラップしてレンジでチン。

隠元《いんげん》はさっと茹でて斜めにカット。

塩をぐっと控えめにした鰆《さわら》の塩焼き、たっぷりと出汁《だし》を含ませた高野豆腐。

「赤い色が足りないわね」

冷蔵庫から低塩梅干しを取り出しかけて、佐和《さわ》はふっと思案顔になる。低塩といえども梅干しの塩分は侮れない。

「やっぱりこっちかしら」

思い直してパックのプチトマトをひとつ抜き取り、手早く洗って水気を拭う。

炊飯器から平皿へ移しておいた白飯が冷めていることを確かめてから、佐和は弁当箱を取り出した。

縦長の密閉式の弁当箱は、大学一年生の息子、秀《しゅう》が昨年まで使っていたものだ。

二段に分かれて、十分な量が詰められるので重宝している。下段に副菜を彩りよく詰め、上段には白飯。真っ白なのも寂しいので、煎った黒胡麻を散らす。

「熱量六百キロカロリー以下、塩分含有量二・五グラム以下。よし、完璧」

自画自賛してから蓋をして、ダークグリーンの大判のハンカチで弁当箱を包む。

ダンダンダン、と必要以上に床を踏み鳴らす音が響いて、ダイニングのドアが開かれる。ぬっと現れたのは、板倉《いたくら》家の長男、秀だった。もともと愛想の良い方ではないが、寝起きの顔は不機嫌そのもの。一応は大学に行くつもりなのだろう、パジャマではなく、綿シャツとチノパンに着替えていた。

副菜の残りをテーブルへ運びながら、佐和は明るく呼びかける。

「お早う、秀。今朝は早いのね」

当然、返事はない。

四人掛けテーブルの定席《じょうせき》にどっかりと座ると、朝刊を開く。ただし、秀はテレビ欄しか見ない。たまにページを開いて熱心に読んでいるかと思うと、週刊誌の広告欄なのだ。

この子、こんな有様で四年後に真っ当な社会人になれるのかしら、と訝《いぶか》りつつ、佐和は食卓を調える。

　テレビ欄に目を釘付けにしたまま、秀は副菜の皿に手を伸ばした。一番手前にあった、高野豆腐の含め煮を指で摘まみ、汁の垂れるのも構わずに口の中へ放り込む。

「うげっ」

　さすがに吐き出しはしないが、大袈裟《おおげさ》に顔をしかめて嚥み下したあと、不味《まず》う、と気持ち悪そうに胸を撫でさすっている。

「何だこれ、信じらんねぇ。人間の食うもんじゃねぇじゃん」

　途端に、佐和の眉根が寄った。

「仕方ないでしょ。パパの身体のためなんだから」

　高血圧に高脂血症。

　夫の潤一《じゅんいち》が今春の社内健診で、不健康な中年の証《あかし》のような結果を貰って以来、彼のためのお弁当作りが佐和の日課になった。

　低カロリー、高蛋白《たんぱく》、そして減塩。

　油を避け、塩を控えれば、自然と物足りない味になってしまう。常日頃、大学の友人たちと味の濃い外食に馴染んでいる秀からすれば、不味く感じて当然だった。

「こんな不味いもん食わされて、何が楽しくて生きてんの？　あのヒト」

言い放って皿を押しやる息子を、佐和が窘《たしな》めようとした時、バタバタと廊下を気忙《きぜわ》しく走る音がした。

「ママ、お昼代ちょうだい」

ダイニングに駆け込むなり、掌を開いて佐和に差し出したのは、娘の由梨《ゆり》だ。制服が可愛い、という本人の志望動機で中学から進学した私立学校の、今は高校一年生だった。

「また？　一週間分まとめて渡してあるでしょう？　一体、何に使ったのよ」

「いいから早く！　遅刻しちゃう！」

辛うじて無遅刻を通してきた娘の、この一言に佐和は弱い。渋々、引き出しにしまってある雑費用の財布を手に取り、中を調べる。五千円札と千円札各一枚。

「サンキュ、ママ」

千円を手渡そうとする前に、さっと手が伸びて、五千円を奪い取られた。

「あ、こら、由梨」

母親の制止も聞かず、由梨は入ってきた時と同様、バタバタとダイニングを出ていこうとした。

「おっと」

出勤の仕度《したく》を終えた潤一が、突進してきた由梨と勢いよくぶつかる。

「大丈夫か」

父親に体を支えられた由梨は、まるで汚いものに触れられたかのように、ぱっと離れた。そして一言も口を利かずに、飛び出していく。

潤一は、立ち止まったまま、娘の消えたドアの方を眺めていた。

「お早う」

佐和は汚れた食器を洗う手を止めずに、呼びかける。

「出来てるわよ、お弁当」

ああ、と返事なのか溜息なのかわからない声で、潤一は応えた。

潤一の朝食はトースト一枚に、コーヒー、無塩《むえん》せきのロースハムを敷いた目玉焼き、千切りキャベツのサラダという定番のものだ。それを新聞を読みながらゆっくりと食べる。

佐和はその間に、息子と娘の部屋を回り、ゴミ箱の中身を回収する。今日は燃えるゴミの日で、朝八時半までにマンションの決められた場所に出しておかねばならない。

秀の部屋のゴミを分別するうち、潤一が出勤する気配を感じた。

「パパ、待って。今朝は『燃えるゴミ』の日よ」

佐和はゴミで膨らんだビニール袋を手に、まさに玄関を出ようとする潤一を呼び止めることに成功した。忘れないでよ、と口を括ったビニール袋を託す。夏場だからか、台所から出た生ゴミが僅かに臭った。

「帰りは？　いつも通りなの？」

妻の問いかけに、潤一は、ああ、と軽く頷いた。

三年ほど前に新調した背広は、大事に着ているからか型崩れすることもない。足もとを見れば、革靴も新しいものではないが、靴墨を丹念に擦り込まれ、滑らかに光っていた。勤め人は足もとが大事だから、と靴の手入れだけは人任せにせず、潤一が毎夜、自分で念入りに磨くのだ。

「どのみち残業代なんて付かないんだから、中途半端に残業なんてしないでね」

行ってらっしゃい、と送り出し、そのままドアを閉めようとして、佐和は何気なく再び外を見た。

ゴミ袋をぶら下げて、エレベーターホールに向かう夫の後ろ姿が目に入った。少し背を丸めて歩くせいもあるが、随分と草臥《くたび》れて見えた。服も靴も手入れが行き届いているにもかかわらず、どことなくうらぶれて映る。

潤一が二十五歳、佐和が二十一歳の時に結婚してから、はや二十年。見合いの席では、業界屈指の大手電機メーカー勤務の会社員らしく自信に溢れ、潑剌《はつらつ》としていたのに。

真面目で温厚で誠実なひとだから、という仲人口に嘘はなかったけれど、ああいう姿を見ると、秀の言い種ではないが、本当に何が楽しくて生きているのか、と思う。

佐和はふと、玄関わきの靴箱に嵌め込まれた縦型の鏡に目をやった。下半身に肉の付いた己の姿が見えた。

「ひとのことは言えないわね」

自嘲気味に呟くと、佐和は玄関のドアを閉めた。力が入っていたのか、思いがけず大きな音がした。

「そうは言ってもさ」

佐和の向かいの席で、里美《さとみ》が慣れた手つきで子羊のローストを食べ易く切っている。

「いてくれなきゃ困るのよね、亭主って」

切った肉を一切れ頰張って、あ、このお肉やわらかい、と目を見張ってみせた。

「ソースが絶品なのよ」

右隣りの厚子《あつこ》が言えば、

「グレイビー・ソースだっけ？　家庭じゃ絶対に出せない味よね」

と、左隣りの君江《きみえ》が応える。

口の端についたソースを膝のナプキンで拭って、佐和は、ほんとよね、と同意してみせる。四人が囲む広い丸テーブルには純白のクロスがかけられ、それだけで贅沢な気分になった。

中央線の駅からほど近いシティホテルに、評判のフレンチレストランが出店していた。夜は溜息が出る値段だが、手頃なランチは主婦たちにもそう罪悪感なく食べられる、として人気があった。

この日、佐和と同席していたのは、秀の小学校時代のPTA役員仲間だった。四人は息抜きと称して、時々、揃ってランチに出かける。たまの贅沢なランチは、佐和やほかのメンバーにとっても良い刺激になっていた。

子羊のローストでひとしきり盛り上がったあと、佐和は先の里美の台詞《せりふ》を思い出して、話題を戻しにかかった。

「夫のことだけど、まぁ、いてくれないと困るのは確かね。マンションのローンはまだ残ってるし、うちなんて子供ふたりとも私学だから、学費もバカにならなくて。定年まで頑張ってもらわないと」

「板倉さんとこは大企業だもの、生活だって安泰でしょ？　うちは深刻よ」

佐和に向けられた君江の言葉に、厚子も深く頷いた。

「うちもそう。日々リストラの恐怖に震えて暮らしてるもの」

「今は再就職も難しい、って聞いてるわ。民間は大変よねぇ」

都庁に勤める夫を持つ里美が、深刻な顔で応じた。

佐和の耳は、里美の声色に僅かに憐憫《れんびん》の情が滲むのを捉えた。君江も厚子も同じように感じたのだろう、心なしか場が冷えた。

「あ、このムース、甘くなくて美味しい」

ことさら華やいだ声を上げて、佐和は三人に添え物の野菜ムースを示す。

「息詰めて生活してるんだもの、たまにはこんな美味《お》しいものでも食べなきゃ、やってられないわ」

ほら、食べて食べて、と促す佐和に釣られ、残る三人もそれぞれムースに手を伸ばした。

昔のアイドルのこと、姑の愚痴、子供が独立したあとの夢。当たり障りのない話題で二時間ほどかけて食事を堪能するうちに、他の客の姿はフロアから消えていた。

テーブルできっちり一円単位まで割り勘にすると、里美が代金をまとめてレジへと向かう。厚子と君江は連れ立って化粧室へ行き、佐和は会計の済むまでの間、ショーケースの中のケーキを眺めていた。

「あら、珍しい。ナポレオン・パイがホールで残ってる」

ケースの中に、苺とホイップクリームがたっぷり載ったパイを見つけて、佐和は軽く目を見張った。根強い人気の商品だから、大抵、午前のうちに売り切れてしまうのだ。

「済みません、これ、ホールでください」

女店員を呼ぶ佐和を、里美が小声で制する。

「ちょっと、止めなさいって。ダイエットの敵よ」

「これ、主人の上司の大好物なの。差し入れにしようと思って」

ここからなら会社も近いしね、と佐和はバッグの口を開けながら応えた。

七月半ばを過ぎて、照り付ける陽射しは一層強く、靴底に触れるアスファルトが柔らかい。持ち重りのするホテルの紙袋を下げて、しかし佐和は浮き浮きとした足取りで高層ビルを目指した。

――部長が感心していたよ。今時、旦那の健康のために弁当を用意する女房は珍しい、ってさ

お弁当を作り始めた頃、潤一からそんな言葉をかけられたことを思い出す。

「今のうちに、もっと点数を稼いでおかないと」

朗らかに声に出して、一層、佐和は足取りを軽くした。

社屋ビルの入口で立ち止まると、鏡面ガラスに映った自身の姿を確かめる。緩くウェーブした髪、一連のパールのネックレス、麻の生成《きな》りのスーツに、ベージュの少し高めのヒール。常よりもずっと気合の入った装いだ。これなら堂々と夫の職場を訪ねられる。ハンカチで額の汗を押さえると、佐和は口角を上げて鏡の自分に頷いて、自動ドアの前に立った。

秀とそう年も違わない受付嬢ふたりに迎えられ、佐和は夫の部署と氏名を告げ、呼び出しを乞う。

　それまで笑顔で応対していたふたりが、急に途方に暮れた表情になった。

「営業一課の、板倉課長ですよね」

　年長らしい受付嬢が、恐る恐る佐和に確認を取ると、腹を括った顔で一気に言った。

「板倉課長、いえ、板倉さんは退職されて、もうこちらには居られません」

「え」

　佐和は驚きのあまり、差し入れ用の紙袋を落しそうになり、慌てて持ち手を掴み直す。

「そんな筈は……何かの間違いではありませんか?」

　そう、間違いに決まっている。今日も昨日もその前だってずっと毎日、夫は出社しているのだから。

　いえ、と若い受付嬢は申し訳なさそうに、

「五月十五日付で、間違いなく……」

　と、あとは言葉を濁して頭を下げた。

「そんなバカな」

　血の気が引くのがわかった。

受付嬢の表情には、夫の退職を知らなかった妻への憐れみが、ありありと浮いている。

誰か、誰か事情を知るひとを、と佐和は救いを求めるように周囲を見回した。エレベーターを降りてこちらへ向かって来る、でっぷりと肥えた青年の姿が目に飛び込んできて、佐和は思わず大きな声で名を呼んだ。

「舘野《たての》さん」

潤一の部下で、自宅マンションにもよく顔を出した舘野は、佐和を認めて立ち竦《すく》んだ。

「舘野さん、私、わけがわからなくて……。一体、どういうことなんでしょう。主人は」

奥さん、と押し殺した声で舘野は佐和の言葉を遮り、入口を指し示す。

「ちょっと外へ出ましょう」

同じ建物にも喫茶室はあるのだが、舘野は先に立ってビルを出た。佐和は慌ててあとを追う。手にしたナポレオン・パイが異様に重く感じられた。

リストラによる解雇。

しかも、二か月も前のこと。

店内には、ＢＧＭとしてエルガーの「愛の挨拶」が程よい音量で流れている。佐和のティーカップを持つ手が小刻みに震えて、ＢＧＭに合わせるかのように、カチカチと音を立てた。

「それじゃあ、本当だったんですか」

佐和の問いかけに対して、テーブル越しに、舘野は深々と頭を下げた。

「板倉課長にはとりわけ目をかけて頂いたのですが、何のお役にも立てずに……」

申し訳ありませんでした、と詫び続ける舘野のことを、佐和はただ茫然と眺めていた。

いつ、どうやってティーラウンジを出たのか、はっきりしない。ただ、伝票を握って席を立った舘野が、何とも言えない同情の眼差しを佐和に向けたことだけ、くっきりと覚えていた。

下校時間を迎えたのだろう、駅へと続く歩道は中高生で溢れている。狭い道幅一杯に広がり、お喋りに興じていた生徒たちは、大きな紙袋を下げた佐和のことを迷惑そうに眺めた。

だが、それに気付くことなく、佐和は思い詰めた顔で駅を目指していた。今、佐和を支配しているのは激しい怒りだった。

今は課長だが、じきに次長になる予定だ、と聞かされていた。直属の上司が順当に出世すれば、空いたポストは自分のものになるはずだから、と。

それなのに、リストラって何よ。

解雇って一体どういうことよ。

大体、二か月もどうして黙っているのよ。

考えれば考えるほど、腸《はらわた》は煮えくり返る。

ふと見れば、牛丼屋の脇で業務用のごみ箱の蓋が開いたままになっていた。佐和は部長に渡すはずだったナポレオン・パイの入った紙袋を、叩き付けるようにして廃棄した。

「怖ぇ」

「ババァ、めっちゃ怖ぇ」

男子高校生たちが佐和の傍らを揶揄《やゆ》しながら抜けて行った。

翌日も、うんざりするほど上天気だった。

佐和は物音を立てないように、玄関でスニーカーを履く。三日坊主で止めたジョギングだが、スニーカーを捨てないで良かった。

靴箱の鏡に映る自身の姿に、軽く動悸がした。髪をひっつめて帽子の中へ隠し、下はジーンズ、上はTシャツにカメラマンベストを羽織る。いずれも昨日、リサイクルショップで調達したもので、およそ佐和の趣味に合わない服装だった。

寝室のドアの開く音に、佐和はさっと靴箱とドアの間へ身を隠す。身仕度を整えた夫がダイニングへと向かう姿が見えた。息を詰め、耳を澄ませて様子を窺う。

「由梨ひとりか？　ママは？」

潤一の尋ねる声がする。

おそらく由梨はいつものように立ったまま、トーストを齧《かじ》っているのだろう。くぐもった声で、知らない、と答えている。

「どっかに出かけたんじゃないの？　それよりパパ、お昼代ちょうだい」

あの子ったら、と佐和は舌打ちしたくなる気持ちを抑えて、静かにドアを開けて外へと身を滑らせた。

最寄駅の北口は、バスのロータリーや百貨店と面していることもあり、都心の印象を受ける。だが、次々に到着するバスから夥《おびただ》しい数の乗客が吐き出されるのを見れば、紛れもなくこの町が日中を都内で過ごす人々のベッドタウンであることがわかる。

バスを降りた老若男女は、そのまま駅の構内へと吸い込まれていく。先刻から佐和は、その様子を柱の陰から眺めつつ、辛抱強く夫が現れるのを待っていた。

マンションのローンだとか、あるいはこれからの生活だとかよりも、今、一番気になること……。

午前八時に家を出て、午後九時に帰宅する。勤めていた時と少しも変わらないけれど、この二か月、あのひとは一体何処で、どう時間を過ごしているのだろう。

それを、自分の目で確かめておきたかった。

あっ、来た！

人波の中に、見慣れた姿を見つけて、佐和は慌てて自動販売機の奥へと逃れる。念のために、と昨日、これもリサイクルショップで購入したサングラスを取り出した。

二人ほどひとを挟んで、潤一のあとを追って改札を通り抜ける。潤一は少しも躊躇《ためら》うことなく、ホームの階段へと向かった。

千葉？　会社と逆方向じゃないの。

てっきり、都心へ向かう電車のホームに並ぶのか、と思い込んでいた佐和は、夫が下りの各駅停車の乗車位置に立ったのを見て、内心焦った。

満員電車に乗り込むのを想定していたのだが、これでは勝手が違う。周囲にひとが少ない分、見失う可能性は低いが、逆にこちらが見つかってしまう。

「済みません、これください」

キヨスクに並んでいた週刊誌を一冊買うと、佐和はそれを読む振りで顔を隠しながら、夫のすぐ後ろに並んだ。心臓の鼓動は激しくて、自分の耳にも聞こえてくるようだった。

千葉行きの鈍行に乗ると、潤一はドアの傍に立った。思った通り、車内はさほど混んでいない。佐和は隣りの車両に移って、連結部分から潤一の様子を垣間見た。潤一はドアの傍に立ち、手すりにもたれて、車窓を眺めていた。

快速だと千葉まで十分少々。だが、潤一はその倍近くをかけて、ゆっくりと千葉に到着した。佐和には夫の行動の理由がまるでわからない。途中で下車してこその各停ではないのかしら、これでは時間の無駄だわ、と思いつつ、ホームへと降りる潤一のあとに続く。

階段を下りて、連絡通路。そろそろラッシュアワーは終わるのだろう、さほど混み合っておらず、佐和は潤一から適度な距離を保って追った。葬儀社の大きな広告を横目に、潤一は迷いのない足取りで先へ先へと急ぐ。

5と6の数字の打たれた階段を上り始めた潤一の姿を見て、佐和は立ち止まった。階段手前に「外房線《そとぼう》」と記してある。

「外房線……こんな線に乗るの、多分、初めてだわ」

一体何処に行くつもりなの、と佐和はぶつぶつと独り言を零《こほ》して、階段へと急いだ。

午前九時三分発の安房鴨川《あわかもがわ》行きが、すでに入線して、乗客を待っていた。古びた車両には一応トイレも付いている。まばらにしか乗客のいない車内、潤一はボックスシートの窓側に荷物と上着を置いて、通路側に座っていた。佐和は、通路を挟んだ斜め後ろ、窓際の席に陣取った。

定刻に千葉を出た電車はゴトゴトと車体を揺らして走る。始めのうちは町なかを走り、上総一ノ宮《かずさいちのみや》を出た辺りから潤一側の車窓に、青い海が見えた。潤一は特段、車窓に目を奪われる様子もなく、通路側の席にじっと座ったまま動かない。

見張り甲斐《がい》もなく、佐和は夫の三列後ろの席へとそっと移った。

海は鉄路に近づいたり、離れたりを繰り返す。陽光煌《きら》めく姿を見せてくれたか、と思うとトンネルの介入を許し、随分とがっかりさせる。

ぼんやりと車窓を眺めながら、佐和は空しくてならなかった。

短大を出て、一年ほど勤めたら、見合いをして結婚する。佐和の田舎では、当時はそれがごく一般的だった。都会ではキャリアを重ねる女性が増えている、と聞いてはいたが、男女雇用機会均等法もまだ生まれていなかった。

同郷の潤一と見合いをし、互いにひと目で惹かれあって結婚に至った。結婚と同時に東京へ移り、ふたりの子に恵まれてからは今のマンションへ越した。いつでも懸命に家庭を守ってきたつもりだ。

ここへ来て夫がリストラに遭って無職になるとは思いもよらなかった。その上、説明のつかない行動をされて、佐和には夫がわからなくなっていた。これで女のもとにでも行かれたら、決して許すことなど出来ない。

座ったまま背筋を伸ばすと、潤一の後頭部が見える。少しばかり薄くなった頭頂部を眺めるうち、胸ぐらを摑んで問い詰めたい気持ちに駆られる。佐和は握り拳を作り、前のシートに押し当てた。

二時間二十分ほど揺られて、各駅停車は漸《ようや》く安房鴨川駅に着いた。日照りのホームに降り立つと、潮の香りが佐和の身を包んだ。

濃いブルーの空には雲ひとつなく、浮き輪を手にした子連れのカップルが、同じホームを歩いている。泳ぐことが出来れば、絶好の海水浴日和《びより》だった。

駅舎は随分と古く、鄙《ひな》びているが、何処となく潤一と佐和の郷里の駅を思わせる佇《たたず》まいだった。この町に誰かが暮らしているのだろうか、と佐和は挑むように周囲を見回した。

ところが、潤一は、と見れば改札へは向かわずに、構内の階段を、たんたんたん、と音を立てて上がっていく。どうやらこの駅が目的地ではないようだ、と悟って、佐和は慌ててあとを追った。

内房《うちぼう》線、と書かれたホームにはすでに電車が停まっている。ゆっくり歩いていると、発車を知らせる合図が鳴り響いた。結局、何処へ向かう電車なのかを確かめないまま、佐和は閉まりかけたドアから飛び乗った。

その車両には、潤一と佐和しか乗っていない。先の外房線も随分と空いていたけれど、ひとつ車両にふたりきり、というのは予測出来なかった。

潤一は先ほどと同じく、ボックスシートの窓側に荷物と背広を置いて、通路側に腰を下ろしていた。

佐和は、大事を取って、ドア脇のロングシートに座る。その位置からも、夫の様子は十分に窺えた。突然振り返られても大丈夫なように、帽子を深く被り、手にした雑誌を顔の前に広げる。

ごとん、と一度大きく車体を揺らして、電車は動き始めた。カタン、カタン、カタタタン、とリズムよく加速するのを体感していたら、車内アナウンスが流れた。

「この電車は十一時二十九分発、千葉行きです。終点の千葉には十四時二十八分の到着予定です」

えっ。千葉？

千葉って、どういうこと？

また千葉に戻るの？

佐和は混乱して、腰を浮かせた。

潤一は少しも動じることなく、肘掛けに腕を置いてリラックスしている。

わからない。

一体、あなたは何を考えているのよ。

声に出来ない問いかけを、佐和は夫の後ろ姿に投げつけた。

内房線は千倉《ちくら》駅を過ぎると、車窓を一変させる。それまでの紺碧《こんぺき》の海は姿を消し、陸の景色が延々と続くのだ。

海を眺めている間は、まだ少しは慰められた。それが無くなり、佐和は重い溜息を立て続けにつく。鉄道にまるで興味がない佐和は、この電車がどういうルートで千葉に至るのか、想像もつかない。延々と山や家を眺めて過ごさねばならないとしたら、やりきれなかった。

「あ、海」

館山《たてやま》駅に近づき正面に海が見えた時、佐和は小さく声に出してしまい、狼狽《うろた》えて雑誌で口を押さえた。館山から富浦《とみうら》、長いトンネルを抜けて、岩井《いわい》、安房勝山《かつやま》。暫くして、うっすらと見覚えのある景色が目に映り、佐和は前屈みになって、食い入るように見た。

「次は保田《ほた》、保田です」

ぶっきらぼうな車内アナウンスが流れて、電車は徐々にスピードを落とす。駅名標を見て初めて、佐和は、ああ、そうだ、と古い記憶を引っ張り出した。

今から十年ほど前、秀が九つで由梨が六つくらいの時に、ここの海水浴場に来たことがあった。

潤一も佐和も運転免許を持っていないから、あの時も、ゴトゴトと電車に揺られてここまで来たはずだった。だとすれば、千葉から内房線に乗ったことになる。そうか、逆方向だけどこの線だったのか、と佐和はしんみりと思った。

当時、秀は父親にべったりで、海の中でも潤一の腕にぶら下がって、ずっとはしゃいでいた。由梨はあの頃からおしゃまさんで、水着のフリルをいたく気に入り、泳ぐよりもフリルを撫でるのに夢中だった。

十年経って、憎まれ口ばかり叩く息子と、小遣いをむしり取る娘に育つとは思いもしなかった。何処で育て方を間違えてしまったのか、という小さな悔いを、佐和は首を振ることで脳裏から追い払った。

思うようには育たなかったけれど、二人とも人としての道を踏み外したわけではない。ランチ仲間の君江や厚子、里美たちにしても、子供の出来は大差ない。

あれこれ考えている間に、電車はトンネルに入った。向かい側の窓が鏡になって、そこに奇妙な変装をした佐和が映っていた。

昨日、ナポレオン・パイを下げて潤一の勤め先……否、もとの勤め先へ向かった時の姿とはまるで違う。何処でどう間違えてしまったのだろう、私の人生。惨めになりかけたところで電車はトンネルを出てくれて、佐和はほっと吐息をついた。

その後、停車の度にひとが乗り、ひとが降りて、入れ替わりはあったものの、袖《そで》ケ浦《うら》駅を出る時には、再び、車両には潤一と佐和のふたりきりになった。

初めて、潤一の動く気配がした。佐和はぎょっとして雑誌で顔を隠し、身を固くする。

だが、潤一は立ち上がるわけではなく、ただ、鞄から何かを取り出した様子だった。こちらを振り返らない、と踏んで、佐和はそろそろと腰を浮かし、背後からそっと覗き込む。

あっ。

佐和は右の掌を口にあて、声が洩れるのを堪えねばならなかった。

潤一が鞄から取り出したのは、佐和が今朝、用意しておいたお弁当だったのだ。お弁当を膝に置くと、包んであるハンカチの結び目を解く。箸を取り出し、弁当箱の蓋を外して底に重ねる。ほんの少しの間、お弁当の中身を確かめて、ゆっくりと箸を動かし始めた。佐和の位置から夫の表情は見えない。

白胡麻と黒胡麻をたっぷりと塗《まぶ》して揚げた鶏肉。細切りピーマンのお浸し。里芋の煮物は手抜きのレトルトだ。

潤一は白飯と副菜に交互に箸を入れ、ゆっくり、ゆっくり食べ進めていく。じっと見守るうち、佐和は何とも言えない気持ちになった。

レトルトなんて詰めるんじゃなかった。お茶も持たせれば良かった。

小さな悔いが重なったところで、佐和は気分を変えるために手にした雑誌に目を落とす。保険会社と銀行の破たんの特集記事が組まれていた。

房総《ぼうそう》半島の西側の海岸線をなぞるようにして走り続けた電車は、定刻通り、千葉に到着した。

潤一は上着を小脇に抱え、鞄を手にして、ホームの階段を駆け下りる。まるではっきりと行先が定まっているかのような足取りだ。佐和は、ある予感を胸に夫のあとを追う。

夫に続いて新たなホームに辿り着いた時、佐和は周囲を見渡して、ああ、やっぱり、と肩を落とした。

電光表示板は、十四時三十五分発の安房鴨川行きが入線することを告げている。そこは、朝、確かに佐和自身がいたのと同じ外房線のホームだったのだ。

千葉から安房鴨川へ向かう、外房線。

安房鴨川から千葉へ向かう、内房線。

このふたつの線を乗り継ぐと、房総半島をぐるりと一周巡ることが出来る。

半島巡りも二周目に差し掛かり、夫がひとりの時間をどうやって過ごしていたのか、佐和は思い知った。

それでも万が一にも何か変化がありはしないか、と一周目同様、少し離れた席で夫を見守る。だが、午前中と少しも変わりなく、電車は潤一と佐和を乗せたま、房総半島の東側の海岸線をなぞって進んだ。固い座席に同じ姿勢で長時間座っていたため、腰は重く痛む。胸のうちに芽生えた不満が、電車の揺れに合わせて少しずつ増殖していく。

私なら、と佐和は眉間に皺を刻んで、じっと考え込む。

もし、リストラされたのが私なら、こんなバカな時間の使い方はしない。一家の長として、家族の暮らしを、人生を支える責任があるのだもの。そのために、ありとあらゆる努力をすべきなのに。

込み上げてきた苦い思いを、佐和はぐっと呑み下した。

午後四時半になって、漸く電車は安房鴨川駅に到着した。

今度はじれったいほどゆったりとした足取りで内房線のホームを歩き、自動販売機の横を通り過ぎると、潤一はそのまま真っ直ぐに売店へと向かう。先にはない行動だった。佐和は自販機の陰に隠れて、夫の様子をじっと見ていた。

弁当、牛乳、と記された古めかしい看板の下に、各種駅弁が並んでいる。ケースには冷えた飲み物。昔ながらの駅弁屋、といった風情の店には、よく日焼けした小柄な老女がひとり、退屈そうに店番をしていた。

「ああ、いらっしゃい」

潤一の姿を認めると、老女は愛想良く声をかける。

「ウーロン茶、一本ください」

潤一はそう言うと、ポケットから小銭入れを取り出し、掌に硬貨を並べて差し出した。

あいよ、と老女は上機嫌に応え、ケースの奥に手を入れて、よく冷えているらしい缶を一本、選び取る。

「お客さんも変わってるよォ。同じもの、そこの自販機でも売ってるのに、いっつもここで買ってくれてさァ」

「自販機はあまり好きじゃないんだ」

潤一は言って、老女から缶を受け取った。

千葉行きの内房線が出るまで、一時間ほど待ち時間がある。潤一はホームの端に立って、缶のプルタブに指をかけた。

西に傾き始めた太陽が、朱を帯びた銀色の光でホームを満たしている。光の中に身を置いて、潤一は缶入りのお茶を口にした。ひと口飲んで、よほど冷たくて美味《うま》かったのだろう、手の甲で唇を拭う素振りが垣間見えた。

ホームの柱に軽くもたれかかり、潤一は手の中のお茶を大事そうに少しずつ飲んだ。

佐和は自販機の陰から出て、少し離れた位置から夫を見つめた。

その白いシャツの背に、隠しきれない孤独が滲んでいる。

あんな背中、してたんだ……。

つい先刻まで胸を焼いた苦い思いは消え、茫洋とした寂寥《せきりよう》が佐和の中に溢れた。

飲み乾した缶を持ち替えて、潤一はふと天を仰いだ。何かに見入っているらしく、じっとその姿勢のまま動かない。つられて、佐和も空へと視線を向けた。仄《ほの》かな鴇《とき》色が混じり始めた空、その南西の高い位置に、心もとない細い光が浮いている。

目を凝らせば、切り取った爪の形の、白い月だった。向こう側が透けてしまいそうな儚《はかな》い三日月を、夫婦はじっと見上げていた。

五井《ごい》駅を過ぎた辺りから、その車両の全ての座席は埋まった。勤め帰りの会社員や、帰宅途中の学生が疲れた表情で吊り革を手に立っている。夜八時を過ぎ、車窓には家々の明かりが増えていく。終点の千葉はもう間もなくだった。

佐和は、雑誌を膝に置いたまま、じっと考え込んでいた。

あのひとが会社を辞めて二か月。

この二か月間、ちゃんと給与分の振り込みがあった。自分は缶のお茶、一本だけで……。

私が友達とのランチに浮かれている間、あのひとは、電車の中で黙々とお弁当ーこんな不味いもん食わされて、何が楽しくて生きてんの？　あのヒトを食べていたのだ。

秀の声が耳もとに帰ってくる。

ーパパ、お昼代ちょうだい
親をお財布程度にしか思っていない、由梨の声。

ー今朝は「燃えるゴミ」の日よ
何気ない佐和自身の声も甦《よみがえ》る。

佐和は、前屈みになって、頭を抱え込んだ。

あのひとのことだもの、何の努力もしなかったはずがない。

知人に頭を下げ、ハローワークに足を運び、ありとあらゆる手立てを試みたに違いない。そう、私が思いつく程度の努力は、全て遣り尽くしての今なのだろう。

勤めに出ている振りをして一日をああして過ごし、夜、帰宅したら玄関でひとり、靴の手入れをしていた。どんな気持ちでいたのだろう、この二か月……。

安房鴨川駅のホームで見た、夫の背中が佐和の胸に迫る。

私はバカだ。

そう思った途端、佐和の両の瞳から涙が溢れた。涙はあとからあとからあとから湧いて、止むことがない。佐和は慌てて、帽子を深く被った。隣席の乗客は佐和の涙に気付いたようで、じっとこちらを窺う気配がしていた。せめて声を洩らさないよう、佐和は、ぐっと奥歯を嚙み締めた。

私はバカだ、大バカだわ。

そう叫びたくなる気持ちを、佐和は懸命に堪《こら》えた。

カターン、カタターン、と柔らかなリズムを刻んで電車は走り続ける。やがて、無数の蛍光灯で眩《まばゆ》く見えるホームへと、その車体を滑り込ませた。

最寄駅に着いたあと、潤一は昔からある書店に立ち寄った。そこで少し時間を潰してから帰るのだろう。いつもの帰宅時間から逆算すると、三十分ほどは書店に留まるつもりだろうか。

佐和は、マンションまでの道をゆっくりと歩く。秀はどのみち終電まで帰らないし、由梨は塾の日だ。潤一が戻るまでに帰宅しておけば、誰にも気取られない。

歩きながら、これからのことをあれこれと思案する。

まずは仕事を探そう。

私に出来る仕事を見つけて、少しでも家計に回さないと。

でも……。

佐和の足が、止まった。

短大を出て、勤めた経験は一年だけ。何の技能もない。雇ってくれるところがあるかも、わからない。潤一のようなキャリアのある会社員でさえ、思うように仕事がないのだ。私に働き口が見つかるわけがない。

思考がマイナスの方向へ一気に流れ始めて、膝頭が震えだした。

落ち着け私、と佐和は自身に言い聞かせる。

ふと、視線を向けると、深夜営業のスーパーマーケットの明かりが煌々と輝いて、不夜城を思わせる。夜に出歩く習慣を持たない佐和にはその様子が新鮮で、心惹かれるまま店内へと足を向けた。

「いらっしゃいませ、今晩は」

レタスの品出しをしていた女性従業員が、佐和を見て、会釈をする。佐和より少し年配に思われた。

周囲を見回せば、同じような年恰好のスタッフが多い。パートタイマーだろうか、きびきびと働く姿に、佐和は僅かに慰められる。

中には、佐和のような境遇の女性もいるかもしれない。そう、今の時代、夫がリストラに遭った妻は、自分だけではないのだから。

カートに籠を載せて、野菜売り場を回る。肉厚のピーマンが気に入って、手に取った。合挽きミンチを詰めてグリルで焼いたら美味しいだろう。微塵《みじん》に切った椎茸《しいたけ》も混ぜようか。ピーマンも椎茸も夫はあまり好まないのだが、身体にとても良いから、食べてもらわないと。

つい先ほどまで波立っていた心が、献立を考えるうち、徐々になだらかになっていく。

ローンは残っているけれど、住む家もある。身体も今のところ健康だ。秀だって、来年は二十歳。学費くらい自分で何とかするだろう。

由梨には、と佐和は手にしたプチトマトを買うかどうか迷って、えい、と籠に入れた。

由梨にはもうお昼代を渡さず、代わりにお弁当を持たせよう。たとえ抵抗されたとしても、これは絶対だ。

困ったところは多々あるけれど、秀も由梨も、現状をきちんと話せば理解は出来るし、協力もするだろう。潤一のいない時を見計らって、私からきちんと話そう。

そう心に決めて、佐和はレジに並んだ。

単身赴任の会社員だろうか、値引きされた惣菜を手にレジ待ちしている。その背中が、潤一のそれに重なった。

何だろう。

何かもっと大事なことを忘れているような気がする。

自販機は好きじゃない、と言った夫の声。

通路側の席に座り、ぼんやりと車窓を眺めている様子。

ひとりでお弁当を食べる姿。

柱にもたれて缶のお茶を飲む、その背中。

夫が欲しているのは……今、本当に欲しているのは何だろうか。

佐和は一心に考える。

籠の中には、ピーマンとプチトマトと椎茸。

「いらっしゃいませ」

レジ打ちの女性が、佐和の籠を引き寄せた。咄嗟《とっさ》に、佐和は籠を自分の方へ引っ張る。

「すみません、止めます」

籠を持つと、佐和は後ろの客に順番を譲って、売場へと戻る。野菜をもとの場所へ返し、空の籠を返却して家路を急いだ。


「ごちそうさま」

空のマグカップを置き、朝刊を軽く畳むと、潤一は食卓を離れる。

ダイニングのロールカーテン越しにも、きつい陽射しが感じられ、今日の酷暑を予想させた。

「はい、パパ、お弁当」

いつもの大判のハンカチで包んだものを、佐和は差し出す。

ん、と短く頷いて受け取ると、潤一はそれを鞄に納めた。

「行ってらっしゃい」

夫を送り出すと、佐和は慌ただしく食器棚を探り、赤い弁当箱を取り出した。

由梨が中学に進学した時に買い与えたものだが、

「ダサい、デカ過ぎて可愛くない」

と、拒まれた品だった。

さっと内側を洗って水気を拭い、中身を詰めていく。俵のお握りには海苔を巻いた。一夜干しのカマスは軽く炙《あぶ》り、むしってある。隠元の牛肉巻き、出汁巻き玉子に、キュウリとクラゲの酢の物、自家製の茄子《なす》の浅漬け。潤一に用意したものと全く同じ内容だ。汁が漏れないことを確認して蓋を閉じ、花柄のハンカチで包む。

「お茶は少し贅沢するかな」

独り言を洩らして、白折《しらお》れの茶葉を急須に入れてお湯を注ぐ。

バタン、と大きな音をさせて、ダイニングのドアが開いた。

「ふぁぁあ、眠ぅ」

大きな欠伸《あくび》をしながら、秀が現れた。

「出席とる講義なんて選ぶんじゃなかったよ」

ったく、と舌打ちをして、アロハシャツのボタンを留め始める。

「おろっ」

調理台に置かれた包みを見て、秀は手を止めずに母親に告げた。

「親父、弁当忘れてんじゃん」

「ああ、それ」

大きめの魔法瓶に急須のお茶を注ぎ入れて、佐和は澄まし顔で応える。

「そのお弁当、ママのよ」

怪訝《けげん》そうな顔の秀にはそれ以上何も話さずに、佐和は魔法瓶の口をギュッと堅く閉めた。

赤いチェック柄の水筒型の魔法瓶は、子供たちが小さい頃は、家族の外出に欠かせなかった品だ。

大きめのトートバッグに、お弁当と魔法瓶を入れると、佐和は手早くエプロンを外し、髪を束ねていたゴムを外す。

「ママ、出かけるから、あとをお願いね。食べた器はちゃんと洗っておくのよ。由梨にもそう伝えてちょうだい」

きょとんとした目を向ける息子に構わず、佐和は忙しなく家を飛び出した。腕時計を見ながら、昨夜、幾度も確認した時刻表を思い返す。

快速を利用すれば、千葉で潤一に追いつけるはずだった。

急がないと。

マンションを出ると、佐和は駅を目指して走る。トートバッグを揺らさないように注意を払いながらも、小走りで駆け通した。

十一時二十九分発の内房線千葉行きは、定刻に安房鴨川駅を出た。

昨日の乗客は潤一と佐和の二人だけだったが、今日はもう一組。家族旅行か、二歳くらいの男児を連れた若い夫婦だ。座席は沢山空いているが、一家はドアの傍に立ち、大きなガラスから見える海を堪能している。

父親に抱かれた息子が、外を指差して、

「うみ！　うみ！」

と懸命に叫ぶ。

「大きいねぇ、広いねぇ」

そばかすの目立つ母親が、優しく息子の髪を撫で、その頬に自分の頬をくっつけるようにして、外を眺めた。

がらりと空いた車両の中で、そこだけが陽だまりのようだった。

潤一は肘掛けに腕を置き、通路へと僅かに身を乗り出している。佐和の位置からはその表情は窺えないが、おそらく、一家の様子に見入っているのだろう。

佐和と潤一にも、ああいう時代が確かにあった。秀の手を潤一が、由梨の手を佐和が握り、内房線に乗って海水浴に向かった日が……。

当時を思い返し、切なさで胸が痛む。幸せが当たり前過ぎて、それにすっかり慣れてしまっていた。だが、家族という絆は存外脆《もろ》くて、互いが互いを思いあうことを忘れてしまえば、いとも容易《たやす》く崩れてしまうものなのかも知れない。

「重いでしょ？　そろそろ代わるよ」

若い妻が夫に腕を差し伸べて、子供を抱き取った。

館山駅で一家が降りてしまうと、車両はシンと静まり返った。乗客が三人いなくなっただけで、ほかは何一つ変わらないのに、確かにそこにあった陽だまりが消えてしまった。

潤一が動く気配がした。鞄からお弁当を取り出した様子に、佐和は顔隠しに前に翳《かざ》していた雑誌を外した。

さっと立ち上がると、コツコツと靴を鳴らして夫の席へと近づく。

「こちら、よろしいですか？」

余所《よそ》行きの声で呼びかける。

こんなに空席だらけの車両で、わざわざ潤一の向かいの座席を望むのも妙な話なのだが、潤一は訝りながらも、ええどうぞ、と答えて視線を声の主へと向けた。

「さ、佐和」

度肝を抜かれたのか、潤一は両の眼をカッと見開いて、腰を浮かせた。

辛うじてそのひと言を絞り出した夫に、佐和は穏やかな笑顔を向ける。夫の前の席へ座ると、トートバッグから、お弁当と魔法瓶とを取り出して、夫に示した。

「一緒に食べたくて」

これからのことを話し合う前に。

私も働くから、との決意を伝える前に。

佐和はどうしても、この電車の中で夫とふたり向かい合って、同じお弁当を食べておきたかったのだ。

ハンカチで包んだものを膝に置き、結び目を解く。中から赤い弁当箱が現れた。蓋を外して箸を取り、両の手を小さく合わせる。

「あなたも、食べましょうよ」

妻に促されて、潤一も脇に置いていた弁当箱を膝に載せる。蓋を開いて中を見た潤一が、初めて目もとを緩めた。一夜干しのカマス、隠元の牛肉巻き、出汁巻き玉子に酢の物に浅漬け。潤一の好物ばかりが詰めてあった。

それを見て、夫は妻の気持ちを悟ったのだろう。懸命にそれに応える言葉を探し、けれども上手く見つけられずに、黙ったまま箸を取った。

「ど、どうして」

出汁巻き玉子にまず箸を伸ばすと、ゆっくりと口に運ぶ。中に刻んだ紅生姜《べにしょうが》が入っているのを知り、嬉しそうに笑った。

「旨い」

「良かった」

佐和は言って、魔法瓶の口を緩める。

「コップがこれ一つだから、一緒に飲みましょう」

懐かしい魔法瓶から、湯気の立つお茶が注がれて、潤一に差し出された。

受け取って、ずずっ、と一口。

「熱くて旨いな」

「でしょ？　やっぱりお弁当には熱いお茶がないとね」

さり気なく言ったつもりが、鼻声になっていた。

自動販売機ではなく、売店の老女からウーロン茶を買っていた姿が思い出された。

「肉巻き、少し味が濃いけれど、今日だけ特別よ」

わざと朗らかに言って、佐和は夫を見た。

「そうか、今日だけ特別か」

応える潤一の双眸《そうぼう》も潤んでいる。

けれども互いにそれには触れず、美味しそうに箸を動かし続けた。

窓の向こう、夏の陽射しが波間に砕けてきらきらと眩しく煌めいている。それに目をやって、ふたりは微笑みあう。

「旨いな」

「そうね」

ふたりの会話を埋めるように、カタターン、カタターンと鉄路を行く音が優しく響いた。

消えたはずの陽だまりが、少しずつ車内に戻り、やがてふたりだけの車両一杯に光が満ち溢れた。

車窓家族

大阪と神戸とを結ぶ私鉄電車の沿線に、一軒の古い集合住宅があった。

木造モルタル二階建て、各戸に風呂とトイレが備わった長屋タイプの建物は、「アパート」という名称よりも「文化住宅」という古風な呼び方が似合っていた。幾度か塗り直した風ではあるが、いかにも薄そうな外壁は疲弊して黄ばみ、スレートの屋根瓦は陽に焼け色褪《いろあ》せて見えた。

車窓に流れ去るだけならば、おそらく誰も気に留めることなどないだろう。だが、その文化住宅は、電車が信号待ちで停止する線路脇にあった。車内の乗客が何の気なしに外を見る際、自然と視界に入り、おまけに手を伸ばせば届くのでは、と錯覚するほど近くに感じた。

日中はただ外観を眺めるばかりだが、火点《ひとも》し頃になると事情が違ってくる。

その文化住宅の窓には雨戸がなく、住民たちは夜になればカーテンを引いて外からの視線を遮って暮らしている。だが、線路に面した六戸のうちひとつの窓だけは、その習慣を持たなかった。二階の、真ん中の部屋だ。

七十手前と思しき夫婦は、日暮れ時になると室内の照明を点ける。紐を引っ張る形式のドーナツ型の古い電灯だ。明かりは、ふたりが寝床に入るまで灯されたままにされる。夜が更けるにつれて古びた電灯は輝きを増し、闇の中にくっきりと老夫婦の住まいを浮き上がらせる役割を果たしていた。停車中の車窓から眺める人物にとって、それは丁度、無声映画の一場面を見ているような気分にさせられる。

一度だけ偶然に目にしてそのまま忘れてしまう者もいれば、毎日眺めても心に留めない者もいる。単純に覗き見を楽しむ者もいれば、窓の奥の夫婦のことを、いつしか自分に引き寄せて思いを重ねる者もいた。


初冬の、月明かりのない夜のことだ。

急行電車が緩やかに徐行を始めた時、満員の車内で吊り革につかまって読書していた女性が顔を上げた。真理絵《まりえ》という名のそのひとは、食品会社勤務で、役員秘書をしている。

その日は、彼女にとってあまり良い一日ではなかった。昼、監査役のお相伴《しょうばん》に与《あずか》って料亭の仕出し弁当を食べていたら、どうした具合か、差し歯がぽろりと取れてしまった。上顎右側の糸切り歯、口を開ければひときわ目立つ箇所だった。

すぐさま、かかりつけのデンタル・クリニックに電話を入れたが、腕の良い主治医は学会出席のため明後日まで戻らない、という。止む無く三日後の診察を予約したが、仮り歯が入るまでは話すこともままならないだろう。

爽やかな笑顔と、耳の遠い老齢の役員たちからも重宝がられる明瞭な話し方とが、秘書としての真理絵の持ち味なのだが、それが削がれてしまった。おまけに、歯が一本ないだけで、三十二歳という実年齢よりも、はるかに老けてみえるように感じられる。誰も秘書の歯の抜けたことなど気にしていない、と頭ではわかっていても、気が重かった。

窓ガラスに自身が映るのを認めて、真理絵は手にした文庫本で口もとを隠した。マスクを買えば良かった、と思いながら、窓の外を眺める。電車は徐行を続け、やがてぴたりと止まった。

「信号待ちのため、暫くお待ちください」

平板な声のアナウンスが、乗客ですし詰めの車内に流れた。

『あ、いる、いる』

真理絵は闇の中で煌々と輝いて見える光源を認めて、ふっと頬を緩める。

窓の向こう、文化住宅の一室に老夫婦の姿があった。部屋の奥に珠暖簾《たまのれん》がかかり、その脇に古い箪笥《たんす》がひと竿、手前に卓袱台《ちゃぶだい》が置かれている。湯気の立つ鍋が卓袱台の中央にあり、老妻が玉杓子《たまじゃくし》で中を掻き回す。これからまさに夫婦の夕食が始まろうとしていた。

真理絵は目を細くして料理を注視する。深さのある洋皿に白いものが盛られていて、そこに鍋から黄色い汁物が装われる。玉杓子から流れ落ちる様子を見れば、しゃぶしゃぶした水気の多いカレーのようだった。

『今日の夕食はカレーかぁ。すごく久しぶりだわ、カレーの登場は』

鳥取の祖母が作るカレーも、あんな風に汁気のたっぷりしたものだったことを思い返し、柔らかな気持ちになる。両親が共稼ぎだったこともあり、真理絵は祖母の作る汁気の多いカレーをよく食べて育った。それは、市販のルーを使わず、うどん粉とカレー粉とを水でどろどろに溶いて用いる昔ながらのカレーなのだ。

『パンチはないけど、妙に優しい味だったっけ。懐かしいなあ』

卓袱台の端に置かれている、薬味入れらしきガラス瓶がふたつ。ひとつは真っ赤な色から福神漬けと思われる。今ひとつは……。夫が箸で中身を摘み上げるのを見て、真理絵は仄かに目もとを和らげた。離れているので朧《おぼろ》にしか見えないけれども、摘まみ難《にく》そうな丸いものに心覚えがあった。

『そうよね、カレーの薬味はやっぱりラッキョウでなくっちゃ』

ラッキョウは彼女の郷里の特産品でもある。酸っぱい味としゃりしゃりした食感を思い起こして、喉がごくんと鳴った。

『今夜、うちに電話して、ラッキョウを送ってもらおう。うちのはすごく美味しいのよね』

そして週末はカレーを作ろう、と真理絵は決心しつつ、老夫婦の晩餐《ばんさん》を見守った。

夫の匙《さじ》がしゃぶしゃぶしたカレーを掬《すく》い上げる。何かに気を取られたのだろうか、匙から中身が零れて、シャツの胸を汚したらしい。妻が慌てて、台拭きで夫のシャツを拭う。両手をあげた万歳の姿勢で、されるがままになっている夫の姿が何とも言えず愛らしい。

うふふ。

堪らず唇を解いて、真理絵は笑っていた。

ゴトン、と車体が大きく揺れて、電車はゆっくりと動き始める。真理絵は口もとから本を外し、窓の向こうのふたりに心の中で優しく呼びかけた。

『お休みなさい、また明日』


真理絵の二本ほどあとの急行電車に乗っていたのは、自動車メーカーに勤務する会社員、隆一《りゅういち》だった。新卒で入社して三年、会社に対する不満が彼の中で渦巻いていた。電車の窓ガラスには、険しい表情で吊り革を握り締める姿が映り込んでいる。周囲の乗客より頭ひとつ高く、逞《たくま》しい体格の隆一は人目を引いた。

『――もう辞めてやる、あんな会社なんか』

奥歯をぎりぎりと嚙み、彼は胸中で吠えた。

『何で俺ばっか前任者の尻拭いをさせられるんだよ。バカバカしい、もう真っ平だ』

東京の郊外に生まれ育ち、大学も東京。入社してから大阪勤務になったが、正直、水が合わない。この土地のひとはボケとツッコミをごく自然にこなすが、そうした芸当は隆一には逆立ちしてもできなかった。何故、話に「落ち」を求めるのか。味の薄い料理も美味しいとは思わない。エスカレーターで右側に立つのも納得できない。動く歩道で何故歩くのか。相手のことを「自分」と呼称するのも謎だった。とにかく、今となっては何から何まで気に食わない。

苛立った青年を乗せたまま、急行電車は緩やかに徐行し、やがて止まった。

『何だ？　信号待ちか？　いつまで待たせんだよ』

隆一は腹立ち紛れに吊り革を捩《ね》じった。

『どいつもこいつも、バカにしやがって』

ふと、窓の外へ目をやって、隆一は、あっ、と声を洩らす。

夜の闇の中、線路脇の文化住宅の一室だけが、くっきりと浮き上がって見えた。卓袱台に頬杖をついている白髪頭は夫だろうか。年金暮らしか、倹《つま》しい室内にテレビはなく、傍らに置いたラジオを聴いているらしい。アンテナを伸ばすタイプの、随分と古いラジオだった。

同じく卓袱台に乗せられた電気スタンドを、その妻らしき老女が手もとに引き寄せた。

『部屋ん中、丸見えじゃないか……。あれ？　何やってるのかなぁ』

隆一の視線の先、老妻は黒くて長いものに左手を入れて一心に右手を動かしている。その仕草をじっと見ていて、ああ、と気付いた。右手にはおそらく針を持っているのだろう。

『靴下の修繕か』

黒くて長いものの正体に思い至って、隆一は人差し指で鼻を擦った。

『懐かしいな。お袋も昔、俺の破いたソックスをああして直してた』

中学、高校と野球部だった。厳しい練習をこなしていると、ソックスの親指のところにすぐ穴が開く。隆一の母親はその穴を木綿糸で繕うのを習慣にしていた。親指の先に違和感を覚えないように、との配慮だろう、隆一の穿く木綿のソックスには、丁寧に丁寧に細かく糸がかけてあった。

四十代で隆一を生んだ母親のことを、正直恥ずかしいと思った時期もある。参観日など、若い母親に交じる姿を見るのが嫌だった。そうした嫌悪は、思春期には容赦がなかった。他の親たちが試合の応援に来るのに、自身の親にはそれを禁じた。野球場での応援に代えて、母は丹念に隆一のソックスを繕ってくれていたのだ。

『捨てて新しいのを買えば楽なのに……』

今も、あの頃のソックスの手触りをこの手が覚えている。そう思った途端、吊り革を握る掌がほっと緩んだ。

『……あのひと、お袋と同い年くらいかな』

繕いものをする老妻の姿に見入るうちに、自然と顔の強張りが解けた。激しく波立っていた心の海も、今は穏やかに凪《な》いでいる。

やがて電車は大きく揺れて、走り始めた。その部屋が後方に流れ去るまで、隆一は少し身を屈め、首を捩じって見守っていた。

隆一の乗った時間帯に混雑のピークを迎えたあと、車内はすし詰め状態を脱した。二本あとの急行電車では、座席こそ埋まっているものの、吊り革を握るひとはそう多くない。

そんな中、ドアの脇の縦長の握り棒に、老女がひとり、もたれて外を眺めている。手にしたバッグには、江戸文字で「光子《みつこ》」と書かれたストラップがぶら下がっていた。

「お座りになりませんか」

すぐ傍の座席にいた中年男性が、声をかけて腰を浮かした。

「いえ、大丈夫ですので」

光子は応えて、軽く頭を下げた。

ドアのガラスにうっすら映る自身の姿に目を留めて、彼女は僅かに苦笑する。染めたことのない白髪、薄化粧をしているものの皺だらけの顔。確かに席を譲りたくなるだろう。

還暦を過ぎ、通常の企業ならば定年退職になるはずが、未だに公証人役場で事務をさせてもらっている。細々とした雑用も多く、帰路に就くのは大抵この時間帯だった。

電車が徐行する気配を感じとって、光子は古い型のハンドバッグを胸に抱え込んだ。

『もう直ぐ……もう直ぐやわ』

バッグを抱き締めて、ぎゅっと両の目を閉じる。

『ひとさまの部屋を覗くんは、ほんまはあかんことなんやけれど』

電車はゆっくりと減速し、ガタンと揺れて止まった。

『この時間だけは、神さまが私にくれはったプレゼントやと思えて仕方ない』

信号待ちであることを告げるアナウンスが流れると、光子は思いきりよく、ぱっと双眸を見開いた。

古びた文化住宅の二階の真ん中の部屋に、ひと組の夫婦の姿があった。老妻が夫の肩を揉み解《ほぐ》している。よほど心地よいのだろう、夫は恍惚《こうこつ》とした表情を浮かべていた。

『良かった。おふたりとも、今日もお元気で居てくれはった』

光子はバッグから右手を外すと、ドアのガラスにそっと掌を置いた。

『彼女は多分、私くらいの年齢で、ご主人の方は五つ、六つ上やろか。そうやとしたら……』

ガラス越し、掌でそっと夫婦の部屋を撫でてみる。

室内では、夫の肩を揉みながら妻が何か話しかけ、夫が応じて、ふたりして楽しそうに笑っていた。

『……うちのひとが生きていたら、あのくらいになる』

光子の夫は二十年ほど前、働き盛りに出張先で心筋梗塞《こうそく》を起こし、急逝した。当時、息子と娘はまだ高校生と中学生、悲しみに暮れる間もないほど、一家の大黒柱として必死に生きねばならなかった。

子供たちが無事に巣立ち、自身も終末を考えるようになって初めて、亡き夫のことが恋しくて恋しくてならなくなった。

双方ともに、親の言うまま見合いをして結ばれた。激しい情熱とは無縁の、ただ穏やかに静かに愛情を育む結婚生活だった。甘い言葉をかけたことも、かけられたこともなかった。だが、生まれた子を懐に抱く夫の感無量の眼差しや、弱った時に見せる拳で軽く額を叩く癖など、折々に思い返してはどうにも切なくてならない。

出張の日の朝だった。

靴を履きながら、

「子供らが独立して、いずれ夫婦ふたりきりになったら、温泉巡りでもせえへんか？　別府《べっぷ》やら草津《くさつ》やら、連れて行きたいとこが仰山あるんや」

と、話していた。

妻に靴ベラを返して、お土産のリクエストを聞くと、大股で玄関を出て行った。その後ろ姿を思い返せば、いまだに涙が溢れてしまう。ともに歩くはずだった日々、失われた歳月を想わずにいられない。

光子は車窓の老夫婦に自分たちを重ね合わせて、夫の肩を揉んでいる姿を思い描いた。

ゴトン、と大きく車体が揺れ、電車は再び動き始めた。

『ありがとう、名前も知らないあなたがた』

光子は掌で窓ガラスを撫でながら祈る。

『どうぞ明日もお元気で、そして幸せでいらしてくださいね』


日に日に寒さは厳しく、あちこちから雪の便りが届くようになった。街は煌びやかなクリスマスのイルミネーションで彩られ、車窓の光景も華やいでいる。イブの前夜、急行電車は帰路に就くひとびとで立錐《りっすい》の余地もなかった。翔太《しょうた》はやっと確保した吊り革に摑まり、ともすればにやけてくる顔を何とか堪えていた。

美大を目指して浪人中なのだが、それでもイブは来る。付き合い始めたばかりの美香《みか》と過ごす、初めてのイブなのだ。

翔太は黒革のジャケットの胸ポケットを押さえて、財布の厚みを確かめると、くっくとほくそ笑む。孫に弱いジジババから、たっぷりと軍資金をもらっての帰り道だった。

『明日の今頃は、あ〜んなことや、こ〜んなことをしてまうんやな』

　美香の甘い髪の香りが蘇るようで、翔太は夢見心地で鼻から息を深く吸った。

『うっ、臭ぁ』

　紛れもない加齢臭に、タバコと整髪料の入り混じった強烈な臭いが翔太の鼻を襲う。無理もない、周囲の大半がくたびれたサラリーマンだった。

　翔太のすぐ横に立っているのは、五十代の小太りの男で、企業監査法令集という題名の分厚い本を手にしていた。読んでいる途中だったのだろう、栞《しおり》の代わりに指を挟んで、ハンカチで顔を拭っている。車内は人いきれで蒸し暑く、汗をかいたのだ。

『うわぁ、最悪やな。養毛剤に汗のダブルパンチかい』

　中年男の寂しい頭部を認めて、翔太は露骨に顔をしかめる。

『頭は河童《かっぱ》ハゲ、身体はぶよぶよ、冴えへん中年の典型やがな。おっさん、ほんま、何が楽しいて生きてんねんな。明日はイブやいうのに』

　翔太は僅かに憐れみを覚え、中年男から中吊り広告へと視線をずらした。

　洋画の広告らしく、ハリウッドスターの男女が抱擁を交わしている写真が使われている。翔太は男優の顔を自分に、女優の顔を美香に置き換えて妄想の世界に浸った。

『美香がタートルネック着てたら、やっぱ下から手ぇ入れるか。こんなんして、あして……ブラジャーは片手で外せるやろか』

鼻息を荒くした時、キュルルルグウゥ、という妙な音が確かに聞こえて、翔太を現実に引き戻した。

音源と思われる横の中年男を見ると、翔太の視線に気付いたのだろう、相手は気恥ずかしそうに、コホンとひとつ、咳ばらいをした。

『何やねん、おっさん、ええ歳してなに腹鳴らしてんねんな』

気を削がれ、白けた思いで翔太は窓の外に目をやった。

窓ガラスの向こうに、部屋の明かりが見える。窓枠の辺りが白く霞み、丁度額縁のようだ。絵に当たる部分に、老夫婦の食卓があった。

『はは〜ん、おっさん、あれ見て腹の虫を鳴らしよったんか』

卓袱台の上に湯気の立つ鍋が置いてある。

妻が鍋から何かを小鉢に取って、夫に渡す。箸で摘み上げられたのは、三角形の薄い何か。よほど熱いのか、夫は口を窄《すぼ》め、ふうふうと息を吹きかけている。

『あれ、何やろ？　おでんのコンニャクやろか？　それにしてはエラい薄いし……。けど、熱々で美味そうやなあ』

ギュルルルルル、グウウウウ。

ありえないほど大きな音で翔太の腹が鳴った。慌てて腹を押さえ、辺りを見回した。隣りの中年男は見て見ぬ振りをしている。

『てへへ、俺、カッコ悪ぅ』

翔太がちょろりと舌を出した途端、電車はゴトン、と大きく揺れて動き始めた。

急行電車が目的の駅に近づいたので、浩輔《こうすけ》は手にしていた企業監査法令集を閉じて、鞄に納めた。窓ガラスに目をやると、隣りに立っている青年と自分とが映り込んでいる。

『こういうチャラチャラした奴が、私は一番好かん……』

髪は金色、耳にはピアス。黒革のジャケットに、髑髏《どくろ》の飾りのベルト。この、頭の悪さが滲み出た風貌はどうだ。おそらく将来の展望や進路よりも、女のことで頭の中は一杯なのだろう。

浩輔自身にもこれくらいの年齢の頃はあったが、この若造とは何ひとつ共通点を見つけることが出来なかった。

ただ、と浩輔はちらりと横目で青年を見て、考え込む。

『あの老夫婦の部屋をじっと見守っていたのは意外やった。えらい腹も鳴らしてたしなあ』

存外、話してみたらええ奴なのかも知れん、と思いながら、浩輔は鞄を持ち替えた。

「済みません、次、降りますんで」

浩輔が周囲に声をかけると、乗客はそれぞれに少しずつ身体を捩じったり、ずらしたりして、隙間を作ってくれた。

プラットホームに降り立つと、浩輔は何気なく背後の車両に目をやった。窓ガラスの向こう、件《くだん》の青年が大きな口を開けて欠伸《あくび》をしている。やがて電車はホームを滑り出し、遠ざかって行った。

「あれ？　お父さんも今の電車やったん？」

聞き慣れた声に、浩輔は振り向いた。

大学に通う娘の景子《けいこ》が重そうに鞄を下げて立っている。

「何や、景子も今か」

浩輔は手を伸ばし、貸してみ、と娘の鞄を持ってやった。参考書の類がぎっしりと詰まっているのがわかる。

「この駅で降りるん久々やったから、乗り過ごすとこやったわ」

景子は言って、解放された手を緩く振ってみせた。

今日は妻の一番上の姉の還暦祝いで、浩輔も景子も帰宅せずに直接、その家へ向かうことになっていた。

「あ、そうやわ、お父さん、電卓が壊れてしもた。新しいの買うてもええ？」

景子は化粧っ気のない顔を父に向けた。

公認会計士の資格試験を来年に控えているため、どうしても早く買い換えたいという。娘が父親と同じ道を選ぼうとしていることが、浩輔は誇らしくてならなかった。ああええよ、と頷いて、娘を促して歩きだす。

この駅のホームは長く、高架のため下から吹き上げてくる風でとても寒い。父娘して、ぶるっと身震いし、階段を目指す。

「なあ、景子、軽く飲んで行かへんか？」

「何言うてんの、お父さん」

景子は心底呆れた声を上げた。

「今夜はこれからお祝いやん。お母さんかて先に行って色々お料理作ってるのに。それに今頃、皆して待ってはるわ」

娘に諭されて、浩輔は、そうか、と残念そうに吐息を洩らした。駅から少し歩くが、秋田の美味い郷土料理を出す店があり、今夜、どうしてもそこで食べたいものがあったのだが、諦めるほかない。

「もしかして、またあの店なん？」

くすくすと景子は笑いながら、父親から自分の鞄を取り上げた。

「今朝、お祖父ちゃんとこから、はたはた寿司が届いてたよ。ほんまはお正月用やけど、お母さんが伯母さんちへ持って行くって」

重い鞄を今度は軽々と持って、景子は弾む足取りで先に行ってしまう。

「そうか、はたはた寿司か」

浩輔は嬉しそうに、空を仰いだ。

少ない星が、それでも懸命に瞬いている。明日が聖夜なのを思い出し、浩輔はガラにもなく、メリークリスマス、と呟いた。

年が改まり、小正月も済んで、大寒《だいかん》を遣り過ごすと、僅かに寒さが緩む。急行電車の乗客の厚着も少し控えめになり、満員時の閉塞感も心持ち軽減されるようになった。

「お急ぎのところ、誠に申し訳ございません。車両点検のため、今暫くお待ちください」

同じ車内アナウンスが、また繰り返されている。急行電車はいつもの信号待ちの位置で停止したまま動きだす気配もなかった。

「ええ加減にさらせ、何の点検じゃ。こっちはもう三十分は待たされてるんやで」

大声で怒鳴りだす酔っ払いあり、

「いつ帰れるか、って？　そんなんわかるかい、電車に聞いてくれ」

携帯電話で声高に話す者あり。

どの乗客の顔にも疲れと苛立ちが滲んでいる。何処かの駅に停車中ならホームに降りることも出来る。だが、この場所ではどうしようもなかった。

車内が不穏な空気に包まれる中、窓の外を気にしている男女が五人いた。

光子は線路脇の文化住宅を見つめたまま、心配のあまり、つい独り言を洩らす。

「ほんまにどないしたんやろか。今日も明かりが点いてへん……」

それに応じるように、隣りで吊り革を握っていた真理絵がぽつんと呟いた。

「ほんと。今日でもう二日になる」

途端、光子はハッとして、首を捩じって隣りの見知らぬ女性を見た。

「あ、済みません、私ったら、つい……」

隣人の独り言に反応してしまった気まずさで、真理絵は仄かに赤面する。

ふたりの様子に黙っていられず、浩輔は光子のすぐ脇から声をかけた。

「あの部屋でしょう？」

「あそこですよね？」

真理絵の隣りで吊り革を握っていた隆一も、少し身を屈めて窓の外を真っ直ぐに指差した。

夜の闇の中で、線路脇の古い文化住宅は黒々としたシルエットを見せている。厚いカーテン越しに各戸の明かりが洩れているが、二階の真ん中の部屋だけは真っ暗なままだ。

「ええ、そうです」

「そうです、あの部屋です」

光子と真理絵は声を揃えた。

丁度、四人の前の座席に股を広げて座っていた翔太は、首を捩じって背後を確認し、意外そうな声を上げた。

「何や、あの夫婦のこと気にかけてたんは、俺だけと違うかったんか」

その言葉に四人は揃って、驚いた顔で翔太のことをまじまじと見た。

目の前に年寄りが立っていても席を譲ろうともせず、大股開きでふんぞり返っている彼のことを、四人とも、乗車した時からあまり快くは思っていなかった。

浩輔は翔太のベルトの髑髏に目を留めて、ああ、あの時の、と思い出す。髪が金色から黒に変わり、ピアスも外しているので気付かなかったのだ。

真理絵が戸惑いながらも、口を開いた。

「この急行電車の中で、ほぼ毎日、あの部屋を眺めていました。向こうは私を知らないけれど、私にとっては家族みたいに思えて」

光子が共感の眼差しを向ける。

「ええ、ええ。ようわかりますよ。私も毎晩、あのおふたりのご様子を見せて頂いて、随分と慰められています」

「おでん、好きやんね、あのふたり」

漸く膝を閉じた翔太が、会話に割り込んだ。

「知らん？　三角に切ったコンニャクみたいなん、よう食べてるし」

両の指で三角の形を作ってみせる翔太は、今風な若者のイメージと異なり、無邪気でさえあった。

「あれは『蕎麦《そば》ばった』ですよ」

浩輔はつい、大きな声で応えていた。

「蕎麦ばった？」

翔太を始め四人が声を合わせて、怪訝そうな顔をしている。

「そう、蕎麦ばった」

浩輔は深く頷いて、懐かしそうな眼差しを窓の外に向けた。

「蕎麦生地を三角に切って茹でただけのものですが、茹でたてのアツアツに大根の搾り汁をかけて食べると、身体が芯から温もってねぇ。郷里の秋田でももう滅多にお目にかかれなくなったのに、よもや車窓で見かけるとは」

もしかしたら、あの夫婦も秋田の出身かも知れない、と皆はそれぞれ胸の内で思った。

それにしても、と隆一はひとり首を傾げる。

「どうして部屋を丸見えのままにしているんでしょうか。関西の風習なんですか？」

「んなアホな」

　隆一の疑問は、翔太の無礼な突っ込みであっさり否定された。

　光子は隆一に柔らかく微笑みかける。

「この歳になって、ようようわかることなんですけどね、一人暮らしの老いの身では、もしも何かあった時に気付いてもらわれへんのが一番怖いんですよ」

　光子の言葉に、皆の表情に不安の影が差した。

　昔のように隣り近所との関わりが密ならば、そんな心配は要らない。また、たとえば警備会社と契約できる財力があるなら、緊急事態にも対応できるだろう。倹しい暮らし向きの老夫婦が、もしものことを考えてカーテンを引かないでいたのだとしたら……。

「どちらかがご病気かしら」

　真理絵が暗い顔で言えば、

「三日前は、ふたりともお元気でしたよ」

　と、隆一が慰める口調で応えた。

「けど、年寄りって突然具合が悪《わる》なるもんやんか」

　空気も読まずに翔太が言い、残る四人は一斉にこの若輩者を睨んだ。そのムッとした視線に翔太はさすがに狼狽え、ぽりぽりと人差し指で頭を掻き、

「ええと、その……スンマセン」

と、詫びた。

皆がまだ非難がましい眼差しを座席の翔太に向ける中で、ふっと視線を上げたのは浩輔だった。

「あっ、明かりが」

浩輔の声に、四人はハッと窓の外に目を向ける。

件の部屋から眩い光が溢れていた。

「ああ、電灯が新しくなって……」

光子が目ざとく見つけて、指し示す。

真新しい照明器具の下、電気屋と思しき男が脚立を畳んでいる。老妻は嬉しそうに手を合わせて明かりを見上げ、夫は薄い財布から紙幣を抜き出していた。

「前のが故障して、電気屋さんも直ぐには来てくれなかったのね、きっと」

真理絵はホッと胸を撫で下ろす。

「良かった、ふたりともお元気そうですね」

隆一は安堵《あんど》の息を吐いた。

光子と浩輔は視線を交えて頷き合う。

「ばんざ〜い」

翔太が調子外れな声を上げ、両の腕を高々と上げた。

四人は一瞬、ぽかんと翔太を見下ろしたが、声を揃えてわっと朗笑した。

漸く車体がゴトンと大きく揺れて、他の乗客からも歓声が上がった。翔太を含め五人は大いに笑ったあと、本を開いたり、携帯電話を取り出したり、思い思いの世界に入った。それぞれに言葉は交わさないけれど、五人の間には妙にくすぐったい、和やかな雰囲気が漂っている。


急行電車は四十分遅れで終点に着いた。並列する幾つものホームには、それぞれに乗り換えの電車が待機している。

遅れを詫びるアナウンスの中、ドアから乗客がどっとホームに吐き出された。

翔太が席から立ち上がって、皆にひょいと頭を下げた。

「君、前は金髪と違うかったか？」

浩輔が思いきってそう問うと、翔太は、てへっ、と舌を出した。

「大学受験やねん。さすがに金髪ピアスはヤバいから」

「そう。受験、頑張りや」

浩輔の声が温かい。

「私、今度、蕎麦ばったに挑戦しようかな」

「美味しそうやったわねえ」

真理絵と光子が親しげに話しながら、ドアへと向かう。

先頭に立ってホームに降りた隆一は、立ち止まって皆を振り返った。大きな身体に、人懐っこい笑みを浮かべている。

「じゃあ、ここで失礼します」

それを機に、皆は笑顔になって会釈を交わし、各自の帰路へと散って行く。

ムシヤシナイ

ＪＲ大阪環状線の駅のひとつであるＴ駅は、私鉄電車と接続するため、乗降客が非常に多い。朝夕の通勤通学の時間帯は無論のこと、そうではない日中も、実に多様な客がプラットホームに溢れている。

そのホームの大阪寄りに、客が十人も入れば酸欠になりそうな、小さな蕎麦屋があった。「駅そば」などと呼ばれる立ち食い蕎麦の店で、早朝から昼過ぎまでは若い店員が、昼過ぎから夜にかけては六十代半ばの店長が、それぞれアルバイトと二人三脚で切り盛りしていた。

秋元路男《あきもとみちお》は、もとは町の製麺工場で働いていたが、定年を機にＴ駅構内の駅蕎麦屋を任されるようになったのだ。三百円あれば蕎麦なりうどんなりで空腹を満たせる手軽さと、箸を置くや否や電車に駆け込める便利さが受けて、店には終日、客足の絶えることがない。

周辺には常に出汁の香りが立ち込め、時折、そこに特有のネギの匂いが混じる。吐く息も凍る冬には、刻みネギをどっさり入れたネギうどんや、ネギ蕎麦を注文する客が増えるからだった。

夜も八時半を過ぎると、店の格子状のガラス扉の開閉は幾分のどかになる。時分時を過ぎて客が少なくなった上に、ほとんどは蕎麦を食べ終えてもすぐには外に出ない。殊のほか冷え込むこの時期、客はホームで寒風に晒《さら》されるよりは湯気の立つ店内に長く身を置きたがった。

ホームに入線を知らせるアナウンスが響いて、老婆が丼を傾けて汁《つゆ》を干した。

「ごっそさん」

空の丼を返却口へと戻して、路男に声をかける。

「おかげで身体、よう温もったわ」

「おおきに」

路男は大きな眼をぎゅっと細めて、よく通る声で返した。

半オーバーの前を搔き合わせて、老婆は格子の扉に手を伸ばす。

「そんなとこに居ったら邪魔やがな、のっぽの兄ちゃん」

誰かが入口付近に立ちはだかっていたのだろう、老婆の柔らかに諭す声に、路男は戸口の方へ目を向けた。

すみません、と飛び退く若い男の姿がちらりと見えた。高校生くらいだろうか、顔はわからないが、ジーパンを穿いた脚がぽっきりと折れそうなほど細いのが印象的だった。

到着した電車から乗客が吐き出され、そのうちの何人かが駅蕎麦の店内へと吸い込まれる。午後九時の閉店まで残り五分、そろそろ最後の客になるだろう。

「きつねうどん、ください」

食券をカウンターの上に置く、その手が随分と小さい。顔を見れば、馴染みの小学生だった。塾帰りらしく重そうな鞄を背負い、他の客の邪魔にならないよう隅の壁にもたれて注文の品の出来るのを待つのも、見慣れた情景だった。

「きつねうどん、熱いから気ぃつけてや」

カウンターの端に丼を置くと、路男は小学生に声をかけた。

店の奥の掛け時計はそろそろ九時になろうとしている。小学生と一緒に入店した客たちは次々に丼を放し、帰ってしまった。

九つか、十。学年でいえば小学校四年生くらいだろうか、少年は時間を気にして、懸命に箸を動かしている。

「まだ大丈夫や、ゆっくり食べ」

これもいつものことで、路男は洗い物をしながら少年に話しかけた。

結局、閉店時間を十分過ぎて、少年は満足そうに箸を置く。

「ごちそーさまでした」

「おおきに、気ぃつけて帰りや」

暖簾をしまいがてら、少年を送って外へ出る。

ぎっしりと勉強道具が詰め込まれているのだろう、小さな肩に食い込む鞄を背負い、まだ疲れの残る足取りで、少年はホームの雑踏に紛れていった。

『九時いうたら、子供はもう布団の中で夢の世界と違うんか』

わしがガキやった時分とはエライ違いや、と路男は胸のうちで呟く。

塾か別勉強か知らないが、まだ小さい子があれほどまでに疲弊する必要があるのか。路男にはそれがわからない。

『まるで、弘晃《ひろあき》みたいやないか』

弘晃、というのは、路男のただひとりの孫だった。

路男の一人息子の正雄《まさお》は、大学進学で東京に出て、そのまま就職し、所帯を持った。そこに生まれたのが、弘晃だった。

弘晃は小学校に上がるとすぐ、塾に通い始めて、小学校四年生の頃には帰宅時間は夜の十時を回る、と聞いていた。お盆に一家で帰省した時でさえ、正雄ら両親は、弘晃に公開模擬試験を大阪で受験させる徹底ぶりだった。

幼い弘晃が疲弊していく様子に胸を痛めていた路男にとって、その無理強いは許しがたかった。正雄と激しい口論となり、結果、今なお絶縁状態にある。従って路男の中の弘晃も小学校四年生の姿のままだった。

やれやれ、と路男は軽く首を振ると、外した暖簾を手に、店に入ろうとした。

「あの……」

後ろから路男に声をかける者がいた。

振り返ってみれば、ひょろりと細い体軀《たいく》の若い男が立っている。高い上背と、切れ長のきつめの双眸とで大人びて見えるが、頬のあたりに幼さの名残りを留めていた。まだ辛うじて「少年」と呼べる範疇《はんちゅう》にある。

高校生、いや、中学生か。見当をつけつつ、折れそうに細い脚に目を留めて、路男は、ああ、と声を洩らした。老婆から邪魔だと注意されていた子だと知れた。

これくらいの年頃の子がひとりで駅蕎麦に入店するのは、なかなかにハードルが高いものらしい。券売機の前で悩み、店内を覗いて悩み、結局は入れないで引き返してしまうケースは、わりによく見受けられた。

　勇気を振り絞り、入店する気になったのか、と少しばかり気の毒に思いながらも、路男は抑揚のない声で告げる。

「すんません、もう閉店なんで」

　路男の台詞に、彼は軽く目を見張った。その目尻に小さな黒子《ほくろ》がふたつ、横に並んでいる。路男はそれに目を留めて、おや、と首を捻った。

　何処かで見たような……。

　そう思った瞬間、塾の鞄を背負った小さな孫の面影が浮かんだ。絹糸を思わせる細い髪、少し上を向いた愛敬のある鼻、子供らしい円《つぶ》らな瞳。幼い日の愛らしい孫の姿を目の前の少年に重ね合わせることは難しいはずが、ふたつ並んだ黒子が両者をぴたりと一致させた。

　まさかそんな、と思いつつも、路男は声を上げずにはいられない。

「弘晃、お前、弘晃なんか？」

　路男にそう呼びかけられて初めて、少年は安堵の表情を見せた。

「ジィちゃん」

耳に馴染んだ呼び名を、聞き慣れない声で呼ばれる不思議。五年ぶりに再会した孫の弘晃に間違いなかった。

駅から徒歩十五分ほどの住まいに、路男は弘晃を連れ帰った。廊下を歩くだけで建物全体が揺れる安普請《やすぶしん》のアパートだ。

「前の家は？」

六畳一間、電気コタツと古い箪笥等、僅かな家財道具しか置かれていない部屋を見回して、弘晃は戸惑った様子で路男に問いかけた。

「ああ、あの家か」

路男は意外な思いで、孫を見た。

正雄が生まれたのを折に、駅からバスで半時間ほど揺られた先に、古くて狭い中古の戸建てを借りて、そこで長年、住み暮らした。弘晃は、盆休みに両親と一緒に泊まったその一戸建てのことを、まだ覚えているのだ。

「あれは四年前、バァちゃんが亡《の》うなった年に出る羽目になった。家主があっこを更地にして売りたい、て言い出してな。そりゃそうやわ、もうどうにもならんほど傷んでたよってにな」

スイッチを入れ、コタツ布団を捲《めく》って目盛りを「強」にして、路男は答える。

「けど、ジィちゃんも独りになったし、ここやと歩いて店へ通えるさかいに結構便利よう暮らしてるんや」

さあ、弘晃、と路男は孫の名を呼んで、その腕を引っ張った。

「寒かったやろ。早よ、ここ入り。肩までコソッと入りや」

孫を座らせると、コタツ布団を引っ張ってその身体に添わせた。されるがままになっている弘晃のことが愛おしくて、路男はつい、孫の頭を昔のようにくしゃりと撫でる。

「今なんぞ温いもん、作るよってに」

そう言い置いて、すぐ脇の形ばかりの狭い台所に立った。鍋に湯を沸かし始めた祖父の姿を、弘晃はじっと眺めていたが、やがてぼそりと、

「何も聞かないんだ」

と、呟いた。

路男はすぐには応えず、取り置いていた白菜を洗って食べ易く刻み、沸騰した湯へ放り込んだ。即席麵の袋を開封しながら、おもむろに口を開く。

「聞いてほしいんか?」

問われても、孫は口を噤《つぐ》んだままだ。

即席麵を鍋へ投入し、暫し待って箸で解すと、路男は穏やかに告げた。

「ほな、言わんでよろし」

弘晃の沈黙は続いている。だが、振り返るまでもなく、路男は弘晃が心底ほっとしているのを感じ取っていた。


日付が変わって間もなく、路男は深い眠りを何かに遮られた。

ううう、ううう、と地鳴りの如く響く音に、何事か、と飛び起きる。

「ううう、うううん」

音の正体が隣りで眠る孫の呻き声と知って、闇の中、手探りで電気スタンドを捜す。丸い橙《だいだい》色の明かりが孫の方に直接当たらぬようにずらしてから、その様子を眺めた。

寒いだろうに、弘晃は掛け布団を投げ出し、背中を丸め、手足をぎゅっと縮めて眠っている。

『可哀相に。えらいうなされて』

路男は孫に布団を掛け直して、しげしげとその顔を覗いた。

中学三年生とはまた、随分と大きくなったものだ。目尻にふたつ並んだ黒子があるとはいえ、町なかで擦れ違ったとしたら、これが弘晃だと気付くことはなかっただろう。

だが、成長の喜びとは別に、この様子は何としたものか。血の気の失せた顔、深く刻まれた眉間の皺、おまけに目の下には疲労がくまを作っていた。眠っていてさえ、固く噛んだ下唇が痛々しい。

「うう、ううう」

噛み締めた唇から、なおも呻き声が洩れる。

路男は遣り切れなさに、小さく首を振った。

『どうや、この怯え方。子供の寝顔と違うがな』

年に一度しか会えなかったが、赤ん坊だった頃から十歳になるまでの可愛い盛りを知っている身。五年の空白を経て、これほどまでに怯え、疲弊した姿を目の当たりにするとは思わなかった。

どないしたもんやろかなあ。

路男は箪笥の上に視線を向けた。そこに置かれた亡妻恵子《けいこ》の遺影と目が合う。

――お父さん、何とか助けたってぇな

そんな恵子の声が聞こえてきそうだった。

肺炎で一週間ほど寝込んだだけで、あっさり逝ってしまった恵子だが、生前、どれほど弘晃に会いたがったことか。その気持ちはわかりつつも、自分から正雄へ歩み寄ることの理不尽を思い、依怙地《いこじ》を通した。

五年前に定年を迎えるまで、製麵工場で毎日、粉まみれになって働く路男を、紙箱の組み立ての内職で支え続けた恵子だった。うんざりするほど倹しい暮らしぶりを、学のない両親のことを、一人息子の正雄が内心どれほど疎んでいたか、路男は悟っていた。

環境を脱するために、正雄は相当の努力をして大学進学を果たし、学費や生活費を奨学金とアルバイトで賄い、一切親を頼らなかった。その実行力は称賛に値するとは思う。だが、両親の存在を恥とする心根の貧しさが、路男にはいたたまれなかった。

母危篤の報を受けて、流石《さすが》に正雄は飛んできたが、妻子を東京に残したままだったため、恵子の望みは最期まで叶わなかった。

「わしを選んで逃げてきたんやろしなあ」

恵子の遺影から弘晃へと視線を戻すと、路男は意を決して、ぼそりと呟いた。

明け方近くになって漸く眠りにつき、はっと目覚めると昼を過ぎていた。隣りを窺えば、弘晃は掛け布団に包《くる》まり眠っている。

孫を起こさぬように身仕度を整え、路男は鍵を取り出して、広告ちらしの裏に鉛筆を走らせた。出かけるなら戸締りをすること、とだけ書くと鍵を添えて電気コタツの上に置いた。飯代を、と財布を開きかけて、路男は少し考え、元通り財布を上着のポケットにおさめた。

路男の毎日は、午後二時に店に出ることから始まる。

昼前、まず先にアルバイトの山本《やまもと》君が厨房に入り、早朝から店に立つふたりを補助しつつ、麺や掻き揚げ、甘く煮た油揚げなど不足した分をバットに並べる。準備が調った頃に路男が顔を出し、先陣ふたりと交代するのだ。

部屋に残した弘晃のことが気がかりではあったが、ひとりで東京の世田谷《せたがや》からこの大阪まで来られたのだ。また、恐らくは周囲の過干渉に晒されてきたことだろうから、路男は逆に素知らぬ振りを通そう、と腹を決めていた。こういう時、自分の頭であれこれ考えることが一等大事に思うがゆえだった。

「店長、表に妙な兄ちゃんがいて、時々、店ん中、覗いてますよ」

汚れた丼を洗っていた山本君が、気味悪そうに格子の向こうを視線で示した。ひょいと目を向ければ、ガラスの奥に見覚えのある姿が映る。同じ駅構内のハンバーガー屋で買ってきたのか、紙袋を抱えているのが見えた。

「ああ、あれ、わしの孫やねん」

路男は掻き揚げをバットに追加して、何でもない口調で応えた。

「東京から遊びに来てるんや。まあ、好きなようにさせたってな」

孫が居たんか、とでも言いたげに、山本君は両の眼を剝いてみせた。

真冬の寒さに師走特有の慌ただしさが加わって、その日のT駅のホームでは、電車の到着を待つ客の多くが自然と足踏みをしていた。冷えと忙しなさの中、出汁の匂いに憩いを覚えるからか、駅蕎麦の暖簾を潜る者が後を絶たなかった。

弘晃は出入りの客の邪魔にならないよう、駅構内の柱にもたれて、こちらをずっと窺っている。腹が減れば構内で食べ物を調達して、駅蕎麦屋を眺めながら食べる。路男はそれを知りつつ、弘晃を店内に招き入れることをしなかった。

駅蕎麦屋は大抵、午後六時半頃に幾度目かの混雑のピークを迎える。八時になれば客足は少し落ち着き、アルバイトの山本君も帰って、あとは閉店まで路男がひとりで店内を切り盛りするのだ。

その日の最後の客は、八十を超えたと思しき男性だった。常客というほどの頻度ではないが、杖を頼りにひとりで閉店間際にかけ蕎麦を食しに来るので、路男も自然と顔を覚えていた。

「毎度、どうも」

「身体が温もったわ、おおきに、ご馳走さん」

暖簾をしまいがてら送って出た路男に、人生の先輩は控えめな笑顔を向けた。

「今日は年金が出たさかいに、たまの贅沢なんや。二か月後の十五日まで、また何としても生き延びて、ここに来さしてもらわなな」

切実な祈りの混じる声だった。

偶数月の十五日は、高齢者にとっては命綱をつなぐ大事な日であることを、路男は思い返していた。

若い頃にはわからなかったが、年金のみで暮らしを紡いでいく難しさ、しんどさは、路男にも充分に忖度《そんたく》できた。それでもまだ年金を受給できるだけマシ、との思いを高齢者の受給者なら持ち合わせているだろうことも、路男は知っていた。

「寒いですよって、風邪に用心して、また次もお待ちしてますさかいに」

「おおきに。ほな、良いお年を」

老人は杖を持ち直して、路男に軽く会釈してみせた。

雑踏の中を遠ざかるその後ろ姿を見送って、ふと視線を廻らせば、すぐ脇の柱の陰から、弘晃が同じように先の老人を見送っているのが目に入った。

弘晃、と路男は孫の名を呼ぶ。

「えらい寒いのに、待っててくれたんか」

労《ねぎら》う声をかけて相好を崩す祖父に、弘晃はただ黙って俯くばかりだった。

後片付けを終えて、孫と肩を並べて家路に就く。月のない夜、ネオンが明るすぎて、星の姿は全く見えなかった。

飲食店が軒を連ねる繁華街は、忘年会の客で溢れ、騒々しいばかりだが、そこを抜ければ意外に閑静な通りに出る。シャッターの降りた印刷工場の脇を通っている時、弘晃がぼそりと呟いた。

「ジィちゃんさぁ、虚しくなんない？」

「何が？」

路男は孫の問いかけの意味を汲みかねて、首を捩じって弘晃を見上げた。祖父の視線を避けて、昏い眼差しを路上に落とし、ひと呼吸置いて弘晃はこう続けた。

「駅蕎麦を食べに来る客ってさ、別に、料理に期待してるワケでもないし……。手っ取り早く食欲満たしてるだけじゃん」

「ええやんか、それで」

路男は大らかに応え、立ち止まった弘晃に構わず、先に歩を進める。

でも、と弘晃は大股で追いつくと、

「でも、やっぱ駅蕎麦は、ちゃんとした食堂とは違う。虚しいよ、やっぱ」

と、挑む口調で祖父に伝えた。

そして、祖父の返事を待たずに、足もとの空き缶を勢いよく蹴り上げた。まだ少し中身の残っていた空き缶は、四方に液体を飛ばしながら闇の奥へと消えていく。

火の気のないアパートの一室に戻ると、路男はそのまま台所に立った。

弘晃はあれからずっと、むっつりと黙り込んでいる。電気コタツのスイッチを

入れることさえ忘れている孫に、路男は、

「今、夜食つくるよって、温うして待っとき」

と、声をかけた。

身を屈めて冷蔵庫を探ると、賞味期限が明日までの茹で蕎麦が二袋、残っていた。ネギを小口に切り、蒲鉾《かまぼこ》は大きく斜めに削ぎ切りする。

「虫養い、いう言葉が大阪にはあるんや」

出来上がった二人分の蕎麦を電気コタツの上に並べて、路男は弘晃に語りかける。

冷えた室内に、丼からはほかほかと柔らかな湯気が立っていた。

「ムシヤシナイ?」

どんな文字をあてるのか、皆目見当もつかないのだろう、外来語にしか聞こえない口調で、弘晃は繰り返すと、熱い丼に手を伸ばした。ああ、と祖父は頷き、孫のために瓢簞《ひょうたん》型の七味入れを取ってやる。

「軽うに何ぞ食べて、腹の虫を宥《なだ》めとく、いう意味や」

「ふーん」

興味の湧かない声で応えて、弘晃は熱々の蕎麦を口に運ぶ。一口すすって気に入ったのか、ズズズッと美味しそうに食べ進めた。

目を細めてその様子を眺めていた路男だが、ゆっくりとした仕草で急須を取り上げ、茶葉にポットの熱湯を注ぐ。

「今日みたいに寒い日ぃは、湯気がご馳走や」

湯気の立つ湯飲みを孫の手もとに置いて、祖父はさらに続けた。

「帰ればご飯が待ってる。時間さえあれば、ゆっくり食事が出来る。懐に余裕があったら、派手なご馳走も食べられる。でも今は、そういうわけにいかん。せやから、取り敢えず駅蕎麦で虫養いして、力を補う——そういう虫養いを、ジィちゃんは大事に思うんや」

話の途中から、弘晃は箸を止めて、じっと祖父の双眸を見つめていた。聞き終えて、何か言いたげに弘晃は唇を開きかけ、しかし、またきゅっと一文字に結び直した。

路男は、手もとの湯飲みを手に取って、温もりを確かめるように掌で包むと、こう言い添えた。

「それになぁ、お前の言う『ちゃんとした食堂』ばかりなら、世の中、窮屈で味気ないと思うで」

祖父のその台詞に、孫ははっと両の瞳を見開く。

トゥルルル

トゥルルル

秋元家の電話が鳴ったのは、丁度その時だった。咄嗟に弘晃がぎくりと身を固くする。勧誘か間違いか、あるいは悪戯《いたずら》でしか鳴ることのない電話だったが、その受話器に、路男は躊躇いなく手をかけた。

「はい、秋元です」

名乗ったあと、受話器の向こうの声を聴いて、路男は唇を僅かに歪めた。思った通り、電話の主は東京の正雄だったのだ。弘晃が家を出て二日、正雄は漸く、息子の立ち寄り先として大阪の路男のことを思い出したのだろう。

無沙汰を詫びるでもなく、老父の暮らしぶりを尋ねるでもなく、単刀直入に弘晃の消息を問う正雄に、路男は苦い表情のまま答える。

「ああ、弘晃なら来てるで。暫くうちで預かるさかい。……えっ？　何やて？」

視野の隅に、固唾《かたず》を呑んで様子を窺う弘晃が映っている。路男は身体ごと電話に向き直り、声を低めた。

「『勉強が遅れる』て……お前、それ本気で言うてんのか」

恵子が生きていれば、上手にとりなしたかも知れない。だが、路男は良い齢をした息子のあまりの愚かさに、このド阿呆！　と受話器に向かって罵声を浴びせていた。

「おんどれは父親のクセしてから、子供を潰す気か。いっぺん目ぇ覚まさんかい！」

がしゃん、と怒りに任せて受話器を叩きつけたものの、煮えたぎった憤怒はそう簡単には路男から去らなかった。

音のない一室に、古い掛け時計の秒針だけが妙に大きく響いている。

振り返り、孫の様子はと見れば、弘晃は卓上に置いた握り拳をわなわなと震わせていた。必死で感情の爆発に耐えているその姿を目にして、路男は黙り込んだ。

どれほどそうしていただろうか、弘晃が、オレ、と掠れた声を絞り出した。

「オレ、親父を殺すかも知れない」

部屋の空気が一瞬、薄くなった。

弘晃が苦悩の果てにその台詞を口にしたことが容易に察せられて、路男は敢えて無言のまま、真剣な眼差しを孫へと向けた。

弘晃は右の拳で唇を覆い、くぐもった揺れる声で打ち明ける。

「目の前に包丁があると、親父を刺しそうな気がして息が出来ない。いつか自分で自分をコントロール出来なくなる。そしたら……」

弘晃の肩が、上腕が、小刻みに震えだした。双眸に激しい怯えが宿り、うっすらと涙が膜を張っている。

「そしたら、オレ……親父を……」

「弘晃」

見かねて路男は孫の名を呼び、その背中に手を置いた。

刹那、下瞼《したまぶた》で辛うじて止《と》まっていた涙が、色の失せた頰へと滑り落ちる。

「ジィちゃん、オレ……自分が恐い」

恐くて堪らない、と言葉にすると、弘晃は両の掌を開いて顔を覆った。

怯えの根源を口にしたことで、弘晃を支えていた何かが崩れたのだろう。十五歳の少年は、電気コタツの天板に突っ伏して慟哭《どうこく》した。

午前零時を回り、JR大阪環状線は、内回り外回りとも終電を見送った直後だった。駅員はベンチで酔い潰れて寝ている客を起こして回り、終電に乗り遅れた客たちは舌打ちして、タクシー乗り場を目指す。

日中とはまた別の気忙しさが漂う深夜のホームを、路男は弘晃と並んで歩く。路男の手には、深夜営業のスーパーで買った青ネギの束が大量に抱えられていた。

途中、安全拾得器を手にした駅員から、すれ違いざまに声をかけられた。

「あれ？　駅蕎麦の」

路男も顔馴染みの、まだ若い駅員だった。

「こんな時間に珍しいですね。忘れ物ですか？」

「いえ、ちょっと明日の仕込みを」

路男が答えると、駅員はふっと考える顔つきになった。

終業後のホームへの立ち入りにあたるから、本来なら咎《とが》められて当然なのだ。路男は駅員に懇願の眼差しを向ける。何か事情がある、と察したのだろう、駅員はスーパーの袋から突き出たネギの束に目を留めて、

「そうですか、お疲れさんです。なるべく早く済ませてくださいね」

と、親切に応じた。

営業中は圧倒的な存在感を誇っていた駅蕎麦屋も、商いを終え、照明も落ちてしまえば影が薄い。

ほんの数時間前にかけた鍵を外し、明かりをつけると、路男は弘晃を厨房に招き入れた。

落ち着かない様子で店内を見回す孫には構わず、ネギの根を落とし、流しで洗って俎板《まないた》に束ねて置き、包丁を添えた。

「さて、と。弘晃、こっちおいで」

声をかけられて、祖父の方へ向き直った弘晃だが、俎板に置かれた包丁を認めると、ぎょっとして両の肩を引いた。

「ジィちゃん、オレ、包丁は……」

両腕を後ろに回して身を強張らせる弘晃に、路男は緩やかに頷いてみせる。

「大丈夫、ジィちゃんが手ぇ添えたるよって」

祖父に言われて、孫は俎板の前に立つと、恐る恐る包丁の柄を握った。朴《ほお》の木を用いた白い柄を、しかし、弘晃は掌に包むだけで精一杯の様子だった。

「もっとしっかり握らなあかん、かえって危ないで」

こうするんや、と路男は孫の手に自分の手を添え、がちがちに固まった指を解して、正しく持たせた。

「せや、『小峯《こみね》にぎり』いうてな、この持ち方を覚えたら、これから先、色々と役に立つ」

そうして、ネギに刃をあてがうと、

「よっしゃ、ほんならネギ切ってみよか」

と命じ、手を添えたまま刻み始めた。

切りたくない、との思いが弘晃の腕を重くする。難儀しながらも、路男は弘晃を導き、さくっさくっとネギに刃を入れていく。

「口に障らん厚み……これくらいの小口切りにな。ほな、自分で切ってみ」

見本を示すと、祖父は孫の右手を解放した。

必死の形相で、弘晃は包丁を握り締めて、ネギを刻む。ざく、ざく、とぎこちない包丁遣いは、しかし、暫くすると、さく、さく、と徐々に柔らかな音へと変化していった。それにつれて、弘晃の身体の強張りは取れ、表情も少しずつ穏やかになっていく。

「いくつもの塾をかけ持ちして、実力以上の中学に受かった。けど、入ってみたら秀才がゴロゴロ。授業についていくのがやっとだった」

路男はただ無言で、孫の打ち明け話に耳を傾ける。

「親父には努力が足りない、と殴られてばかり。でも、足りないのは努力じゃなくて、能力だったんだ。三年通ってそれが身に沁《し》みた」

自身に言い聞かせるような口調だった。

たかだか十五歳で、自身の人生を諦めた様子の弘晃の姿が、路男には胸に応える。それに耐えて、祖父は孫の包丁遣いを見守った。

さくっさくっ、という包丁の音は、何時しか、とんとんとん、と軽やかな音色へと育っていた。俎板の上で包丁がリズミカルに踊り、正確な厚みでネギが刻まれていく。用意したネギの束もそろそろ尽きようとしていた。

「仰山《ぎょうさん》できたなぁ、おおきにな、弘晃」

業務用の笊《ざる》に山盛りになった刻みネギを示して、路男は弘晃に笑みを向けた。

「上手いこと使えるようになったな。——もう大丈夫や」

孫に手を差し伸べ、弘晃の右手を包丁ごと、自身の両の掌で包み込む。包丁の刃先が路男の腹を向いているのを知り、弘晃は怯えた目で祖父を見た。

「弘晃、お前はもう大丈夫やで」

逃れようとする孫の手をしっかりと握ったまま、路男はぎゅっと目を細めてこう続けた。

「包丁は、ひと刺すもんと違う。ネギ切るもんや。この手ぇが、弘晃の手ぇが覚えよった」

「あ……」

弘晃の瞳に涙が浮き、瞬く間に溢れだす。堪えようとして堪えきれず、戦慄《わなな》く唇から嗚咽《おえつ》が洩れ始めた。

心配要らん。

弘晃、もう何も心配要らんで。

号泣する孫の背中を撫でながら、祖父は幾度もそう胸のうちで繰り返した。

翌日の昼過ぎ、乗降客の行き交うホームに、弘晃と路男の姿があった。

駅蕎麦屋の制服に前掛けを締めた路男の姿はひと目を引きそうだったが、案外、気に留める者は居ない。

乗車を促す笛の音が響いて、弘晃は祖父を振り返った。

「親父とちゃんと話すよ。色々、ほんと色々、ありがと、ジィちゃん」

来た時とは別人のような、晴れやかな笑顔だった。路男は大きく頷いてみせた。

「気ぃつけてな、弘晃」

「また来るから」

弘晃が電車に乗り込んだ瞬間、プシューッと間延びした音がして、扉が両側から閉じられようとした。

扉が閉まる直前、弘晃が早口で言った。

「ムシヤシナイさせてもらいに、オレ、何度でも来る」

孫を乗せた電車がホームを出て、その姿が消えてしまうまで見送ると、路男はぼそりと呟いた。

「ムシヤシナイ……何やあいつが言うと、外国語に聞こえるがな」

声に出してみれば、胸に宿っていた寂しさが消えて、路男はからからと笑い声を上げる。

次の電車の入線を告げるアナウンスが、師走のホームに響いていた。

ふるさと銀河線

駅の時刻表に記された発車時刻は数えるほどで、それも通勤・通学の時間帯にほぼ限られる。そのせいか、陸別《りくべつ》駅のホーム伝いに線路へ下り立っても、昼間ならばあまり叱られることはなかった。そこから分線《ぶんせん》の方角を眺めると、二本のレールが緩やかにカーブを描いて、深い森の奥へと吸い込まれるのが見える。レールは視界を外れても、決して途切れることなくその先の分線駅へと続いている。

霞立つ春、新緑に抱かれる初夏、雲の峰を臨む夏、燃える紅葉の秋、そして一帯が白銀の世界になる冬。折々の光景をその場所から眺めることを星子《せいこ》は好んだ。レールの上を、白地に青と緑のラインの印象的な愛らしい車両が、ごとごと揺れて乗客を運んでいく。もとは国鉄の池北《ちほく》線、やがて分割民営化を経て、第三セクターの「北海道ちほく高原鉄道」となった。星子の兄、康晃《やすあき》は四年前からその運転士をしている。

車両は大抵一両編成で、北見《きたみ》から池田《いけだ》まで全長百四十キロメートルをひたすらに走る。その長い鉄路にトンネルはひとつもなく、車窓には、ある時は広々とした牧場、ある時は原生林、と日本離れした情景が広がる。道東《どうとう》の雄大な大自然の中を小さなディーゼル車が懸命に走る姿がどこか郷愁を誘うゆえか、この路線は「ふるさと銀河線」の愛称で親しまれていた。

たとえこの世の中に何が起ころうとも、その光景だけは未来永劫《えいごう》、決して変わることはない——星子はずっと、頑なにそう信じている。

道内の今年度の公立高校の受験日程は、ほぼ例年通りだ。陸別中学でもそれぞれが願書の提出を終えて、あとはひと月後の入学試験の実施を待つばかりだった。

通学路の大通りは雪が圧縮されて、慣れてはいても気を抜くと滑る。星子は級友たちと三人、狭い歩幅で学校へと急いでいた。帯広《おびひろ》信用金庫の看板の奥、山の頂には銀色のドームが朝の陽射しを浴びてキラキラと輝いて見える。ドームは昨年オープンした天文台のものだ。それを右手に見ながらだらだら坂を上っていけば、視界がぐんと開けて、陸別川やスキー場を認めることが出来た。

「私の志望校、倍率結構きついんだよね。ミレニアムの前年くらい、駆け込みでおまけの合格とかあれば良いのに」

和美《かずみ》が零して、溜息をついた。その長く吐かれた息は瞬時に白く凍って、空へ上っていく。放射冷却の影響で夜間よりも今頃の方が冷え込みがきつい。

「五日の午後四時まで出願変更が出来るから、最終的に倍率がどうなるか、まだわかんないよ」

慰める口調で、春菜《はるな》は言う。その息も真っ白に凍り、緩やかに額にかかる前髪に霜を置いた。

そうかな、と幾分安堵した声で応えて、和美は星子へと視線を移す。

「星子、やっぱり置戸《おけと》を受験するの？」

問われて、うん、と星子は短く答えた。

隣り町の置戸には、道内の公立高校として唯一、福祉科を備えた学校があった。星子はそこで福祉を学び、将来は陸別でそれを生かした仕事に就きたい、と考えていた。

「何かさ、そういうの、星子らしいんだけど」

言葉を選びながら、和美は続ける。

「でもやっぱり、そこまで陸別に縛られなくて良いのに、って思う」

「そうだよ、演劇であんなに目立っておいて、今さら福祉とかって言われてもさあ。何か納得いかないし」

おどけた声音で加勢して、春菜はひょいと肩を竦めてみせた。

悪意の混じらない物言いではあったが、ふたりの友の言葉は星子の胸に棘を刺した。黙り込む星子を気遣ってか、和美が何か言おうとしたその時、遠くで短い警笛が聞こえた。

「あっ」

三人は立ち止り、坂下を振り返る。

姿は見えないが、銀河線の車両の発した警笛に違いなかった。

鹿かな、鹿だよね、と三人は口々に言って、互いに眼差しを交える。

蝦夷《えぞ》鹿の一家が鉄路を横断するのに出くわすと、銀河線の列車はああして短い警笛を鳴らし、あとは諦めたように鹿の行進が通り過ぎるのをじっと待つのだ。運転士も乗客も、諦め顔で粘り強く待つ。銀河線を利用していれば、誰しもが経験する出来事だった。

兄の運転する車両なら、やれやれ、と苦笑いする康晃の様子が目に浮かび、星子は柔らかな気持ちを取り戻していた。

「和美、春菜、急ごう」

星子はふたりを穏やかな声で促して、先に歩き始めた。

「星子ちゃん」

放課後、モップで廊下を掃除していた星子は、名前を呼ばれて振り返った。鮮やかな鶯《うぐいす》色のウィンドブレーカーを着込んだ男性が、眼鏡の奥の眼を和ませて笑いかけている。

「青柳《あおやぎ》さん」

青柳は二年前に陸別に赴任してきた天文台の技師で、星子たち中学生は体験学習で世話になっている。ひょんなことから星子の兄康晃と同い年と知れて、休日、兄妹で天文台を訪れた時など、決まって男同士話し込んでいた。

「星子ちゃん、校長先生を見かけなかった？　職員室で、こっちだと聞いたんだけど」

体験学習の打ち合わせがあるんだ、という青柳に、星子はモップを壁に立てかけて、

「さっき、体育館の方へ行かれるのを見ました。こっちです」

と、案内を買ってでた。

　窓から差し込んだ陽が渡り廊下の壁を明るく照らしている。壁の一部はコルクボードになっていて、生徒たちの活躍を伝える新聞記事の切り抜きや、各クラスで創意工夫を重ねた壁新聞が貼られていた。

「ねえ、聞いた聞いた？　銀河線で映画のロケがあるんだって！　ソリマチ来るんだって」

「ノリカも来るらしいよ」

「うそぉ、マジで？」

　星子と青柳の脇を、ジャージ姿の女子生徒たちが歓声を上げ、はしゃぎながら駆け抜けていく。

「朝から町中、あの話で持ちきりだね」

　青柳は生徒たちの背中を眩しそうに見送っていたが、小首を傾げる星子に気付くと、苦笑してみせる。

「受験生はそれどころじゃないよね。ところで、康晃君は元気？」

　さり気なく話題を変える天文技師に、星子は笑顔を向ける。

「はい、明日はこっちに戻ってきます」

返事をする声が弾んでいるのが、自分でもわかった。

康晃は普段は北見の寮で過ごし、週末には陸別に帰ってくるのだ。兄妹ふたりきりの家族だから、星子は兄の戻る週末が待ち遠しくてならなかった。

そう、と青柳はにこやかに頷いた。

「康晃君は幸せだね、そんなに慕われて。星子ちゃんくらいの齢になれば、お兄さんのことを鬱陶《うっとう》しく思う女の子も多いだろうに」

「それは……」

どう応えて良いかわからず、星子は口ごもる。

五年前、星子が十歳の時に、両親は不運にも交通事故で揃って他界した。当時、康晃は札幌の大学の四年生。地元の親戚が星子の養育を申し出てくれたとはいえ、泣いてばかりの妹を抱えて、どんなにか心細い思いをしただろう。進みたい道は他にあったかも知れないが、康晃は銀河線の運転士となって、郷里に戻ることを選んだのだ。

この五年、近隣のサポートを受けながらも、亡くなった両親の代わりに学校行事にも参加し、慣れない手つきで遠足や運動会のお弁当も作ってくれた。康晃が妹にどれほどの愛情を注いできたか、星子自身がよく知っていた。

「あ、校長先生」

開け放たれた体育館の扉の向こうに、校長の丸い背中が見えたのを幸いに、星子は、大きな声で呼びかけた。

校長はこちらを振り返り、青柳を認めて、ああ、と頷いてみせる。

「星子ちゃん、ありがとう」

また康晃君と天文台に遊びにおいで、と言い置いて、青柳は校長のもとへと急いだ。

清掃に戻るため、渡り廊下を引き返していた星子は、壁の新聞記事が剝がれかけているのに気付いた。手を伸ばして直そうとしたのだが、記事に目を留めて唇を歪めた。

そこには「演劇コンクール優勝おめでとう」の文字を添えて、トロフィーを手にする星子の写真が掲載されていた。昨年の秋、ここに貼られていたものだ。年末には外されたはずなのに。一体誰がまた、お節介にも貼り直したのだろう。

――ぼくたちは何処までだって行ける切符を持っているんだ――

――カムパネルラ、ぼくたち一緒に行こう。みんなの本当の幸《しあわせ》を探しに、何処までも何処までも一緒に行こう――

ふいに芝居の台詞が口を突いて洩れそうになり、唇をきゅっと噛み締める。演劇のことは、もう全て記憶から消してしまわなければ。

周囲を窺い、誰も見ていないことを確かめると、星子は新聞の切り抜きを乱暴に剝ぎ取り、掌で丸めてジャージのポケットに突っ込んだ。

「星子、帰ろう」

教室から和美と春菜が顔を出して、星子を呼んでいる。廊下の拭き掃除は終わっており、モップも片付けられていた。

星子はポケットの中で切り抜きを捻り潰したまま、ふたりの友に、ありがとう、と掠れた声で礼を言った。


「WOMANの複数形は」

「WOMEN」

「じゃあ、SHEEPの複数形」

「SHEEP」

三人で問題を出し合いながら登校時と同じ道を戻る。帰宅時の解放感、それに朝に比べてしばれが緩んだことで、それぞれの表情は明るい。

日暮れは早く、西の空に黄昏《たそがれ》の気配があった。やがて西の空を真っ赤に焼いて、太陽は青龍山《せいりゅうざん》の向こうへ落ちていくだろう。

「とにかく高校に合格して、ここを出たい！」

和美が立ち止って叫んだ。

「雄大な自然や原生林なんかより、私はお洒落な雑貨屋が良い！」

「異議なし！」

春菜が拳を振り上げて迎合する。

ピーーーッ
張り詰めた空気を裂くように、長く汽笛が鳴らされた。陸別駅をディーゼル車が出て行くのだ。

「ああ、今は午後四時四分だね」

駅の方に目をやって、春菜が肩を竦める。

「銀河線って時間がわかるのだけが良いよね。本数少なくて超不便――」

「ちょっと、春菜」

和美が春菜の台詞を遮って、気遣う眼差しを星子に向けた。和美の意図に気付いて、春菜は、しまった、と言わんばかりに舌を出す。

「ごめん、星子」

「いいよ」

気にしてない、と伝わるように、星子は明るく頭を振ってみせた。

コンビニエンスストアの前でふたりと別れると、星子は駅の方へ向かった。

ＪＲの赤字廃止路線だったはずが、沿線住民の強い要望を受けて第三セクターとして生き残った――それが、ふるさと銀河線だった。けれども都会志向による過疎化が進み、利用者が激減した今、経営は厳しくなる一方だ、と新聞に報じられない日はない。

どの家にも大抵は自家用車があって、外出に不便はない。和美や春菜のところがそうであるように、週末には一家揃って北見や帯広などの大型スーパーへ出かける世帯が多い。けれども、免許を持たない中高生や、遠方の病院へ通う高齢者にとって、やはり銀河線は無くてはならない足に違いなかった。

屋根の白と壁面のレンガ色の美しいコントラスト、縦長のガラス窓からはレースのカーテン越しに二階のホールの明かりが洩れている。六年前に建て替えられた瀟洒《しょうしゃ》な駅舎は、昔がどんなだったか、思い出せないほどに見慣れてしまった。

駅舎の前で立ち止まって、星子はきゅっと唇を引き結んだ。

星子が生まれ育った足寄郡《あしよろ》陸別町は、明治の頃に関寛斎《せきかんさい》という人物によって開拓された地で、かつては林業で非常に栄えた、と聞く。

手もとの古いアルバムを開けば、積み上げられた材木の前で笑う、祖父母の代の人々の集合写真が残っている。他にも、茶色く変色した写真には、当時の商店街の様子や家並みなども写り込んでいるが、今の陸別とはまるで違う。見知らぬ土地のようだった。

しゅんしゅんと、ストーブの上に載せた薬缶《やかん》が湯気を立てる音だけが、ひとりの居間に響いている。今夜は康晃の戻る日だが、帰宅までまだ随分と待たねばならない。夕食の用意にかかるまでの一時を、星子は受験勉強に身を入れられないまま、古いアルバムを眺めて過ごした。

陸別は一九七五年頃、新しい町づくりに着手し、丁度、星子が生まれた一九八四年頃から町の様子は急速に変わり始めた。中心部の道路は全て舗装され、古い木造の家々は次々にモダンな住宅へと建て替えられた。町役場の新庁舎完成等々、星子が物心ついた時分には、今の景観が整いつつあった。

アルバムの中に、赤ん坊を抱く若い母の姿があった。抱かれているのは兄の康晃だ。

「ここはどの辺りかなあ」

少し色の薄くなったカラー写真を手で撫でて、星子は思案する。下駄ばきの足もとを見れば、季節は夏、銭湯の帰りだろうか。だとしたら常盤《ときわ》湯の辺りか。あれこれと思い出しながら写真を見ていると、あっという間に時間が過ぎてしまう。

誰かに呼ばれた気がして、星子はふと視線を上げた。手を伸ばして二重窓をそっと開けると、オレンジ色の街路灯が天から落ちる雪を照らしていた。

「ああ、雪になっちゃった」

凍てる夜道を帰ってくる兄のために、そろそろ夜食の仕度にかかろう、と星子はアルバムを自分の部屋へ戻し、台所へ向かう。

冷凍しておいた山わさびをガシガシと卸して、烏賊《いか》の刺身に添える。豆腐と鱈《たら》と葱、豚肉、椎茸とえのきを入れた鍋がくつくつと煮え始めた。仕上げにほうれん草を入れる予定だった。

「そうだ、ビール」

兄のために缶ビールを用意しようとした時、風除室《ふうじょしつ》の扉の軋む音が聞こえた。

パンパン、と靴底を払っているらしい音が続き、漸く玄関扉が開いた。

「お帰りなさい」

妹の声に、ただ今、と応えて、康晃は真っ赤になった鼻の頭を擦ってみせる。

「うう、寒い寒い、やっぱ陸別はしばれるな。今夜あたりマイナス三十℃いくんじゃないか」

そのまま洗面所に直行して、手洗いとうがいをする兄に、星子は玉杓子を手にしたまま問いかけた。

「お兄ちゃん、最終で帰ったの？」

ああ、と水を吐き出して康晃は答える。

「今夜はお客さん、三人だった。駅長の話だと、昔は最終列車は乗客で一杯だったそうだけどな」

まあ、仕様がない、と康晃はタオルで唇を拭った。

ほうれん草に火が通り、しんなりとして丁度食べ頃になった。土鍋からほかほかと柔らかな湯気が立ち、取り皿のポン酢に絞り込んだ柚子《ゆず》の芳しい匂いが周囲に漂っていた。

「じゃあ、本当なんだ、ふるさと銀河線が映画のロケに使われるって話」

兄の好きな豚肉を取り分けながら、星子は目を見張った。

美味しそうにビールを飲んでいた康晃が、ああ、と深く頷いてみせる。

「何とかいう役者……俺、流行に疎いから名前を覚えきれないんだが、ともかく人気俳優が身体を張って列車を止める、そのワンシーンだけを撮影するらしい」

撮影には危険が伴うし、色々な条件をクリアせねばならず、幾つかの路線が名乗りをあげたが、最終的に全面協力の姿勢を示した銀河線が選ばれたのだという。

星子は熱い取り皿を兄に手渡しながら、ワンシーンだけ、と落胆したように呟いた。

「勿体ないなあ。どうせ撮影に使うなら、撮ってほしいものが一杯あるのに」

原生林の中を縫うように走る銀河線の姿。線路の脇まで遊びに来る動物。線路に伴走して流れる小川のせせらぎ、その水辺に揺れる山野草、等々。

「ほんとに勿体ないよ」

「確かにそうだな」

湯気のあがる器を両手で包んで、康晃はふっと視線を空へ向けた。

「この季節ならダイヤモンド・ダスト……いや、やっぱり星だな。降るが如く、ってやつだ」

兄の言葉に、星子はこっくりと頷いた。

あまりに身近で、敢えて語り合うこともないけれど、陸別の冬の夜空の美しさは時として畏怖《いふ》を感じるほどだ。誰かと一緒ならまだしも、ひとりで夜、星を見上げているとそのまま吸い込まれそうになる。

「映像だけだと伝わりにくいから、出来れば、銀河線に乗って実際にここで見てほしいよな」

そう言って、康晃ははふはふと豚肉を頬張った。

そうだね、と相槌を打って、星子は兄のグラスにビールを継ぎ足す。そんな兄妹の遣り取りを、居間の仏壇に置かれた両親の遺影がじっと見守っていた。

食事を終えた康晃が居間で寛いでいる間に後片付けを済ませ、あとは自室に籠って受験勉強にとりかかった。だが、今夜はいまひとつ、やる気が起きない。星子は椅子ごと本棚に向き直った。

日付はとうに変わり、そろそろ本気で勉強に取りかからないと、と思った時に、

「星子、まだ起きてるのか、とドアの外から声がした。

「何だ何だ、勉強してるのかと思ったら」

部屋を覗き見て、康晃は呆れ顔になる。

そのまま室内に入ってきた兄に、星子はちょろりと舌を出してみせた。机の上に開いているのは、古い卒業アルバムだった。

「昔の陸中の卒業アルバム……。ほら見て、お父さんとお母さん、こんなだったんだね」

制服姿の生徒たちが壇上にずらりと並ぶ。その中の、ふたりの男女を星子は交互に指で示した。男子生徒の方は康晃に、女子生徒の方は星子に面差しが似る。

「ああ、父さんも母さんも陸中の十六期生だったからな。この頃はよもやお互い、将来一緒になるだなんて思ってもみなかっただろう」

康晃は妹の肩越しに、懐かしそうにアルバムに見入った。

「生徒が多いなあ、百八十人近い。確か一番多い年だったはずだ。俺ん時で六十九人だったかな」

「今年卒業する私たち、全部で二十九人だよ」

星子の声音に寂しさが滲む。

「何か悲しい。どうして皆、ここを出て行っちゃうんだろう」

それは、と返答に詰まって、康晃は救いを求めるように妹の部屋に視線を廻らした。そうしてあまり間を置かずに、あっ、と訝しげな声を洩らす。

「トロフィーが無い……。星子、どうしたんだ、ここにあったはずの、ほら、演劇コンクールで優勝して、お前がもらったあれだよ」

兄の問いかけに、星子はアルバムに目を落としたまま、ああ、あれは、と固さの残る声で答えた。

「大きくて邪魔だから、納戸に片付けたの」

納戸に、と繰り返して、兄は気懸かりそうに妹を眺めた。

前回の全国演劇コンクールで、星子は宮沢賢治《みやざわけんじ》の「銀河鉄道の夜」という物語を、独り芝居に仕立てて演じた。無論、指導教諭の力を借りたけれども、台本も星子自身が手掛け、熱演が認められて優勝を射止めたのだ。そのニュースは陸別ばかりでなく、道内でも評判になった。

「普段は内気で引っ込み思案なお前が、舞台の上では堂々として見えて、俺は誇らしかった。トロフィーは、星子の努力が認められた証だろう？　見えるところに置いておく方が良い」

「受験が済んだらそうするから」

星子にしては珍しく、尖った声で応えて兄との会話を終えた。卒業アルバムを本棚に戻して机に向かう妹が、全身でそれ以上の遣り取りを拒んでいるのを察して、兄は黙ったままドアノブに手をかけた。

銀河線の運転士にどういうシフトが組まれているのか、星子も詳しくは知らない。ただ、恐らくは兄妹ふたりきり、ということで色々なひとが配慮をしてくれているのだろう、康晃は金曜日の夜遅く星子のもとへ帰り、日曜日の最終で北見の寮へと戻る。それゆえに、日曜の夕食は少し早めに、兄妹ふたりで調えることになっていた。

「あ、しまった」

康晃が買い物に出たあとで、豚丼のたれを頼み忘れたことに気付いて、星子は慌てて兄を追い駆ける。近所の陸別フードセンターまで走っても、康晃の姿を認めることは出来なかった。

「もしかしてAコープの方に行ったのかなあ」

店内に兄の居ないことを確認して、星子は目的のものを買い、ついでに康晃の好物のネーブルオレンジを求めると店を出た。

町内にある、もう一軒のスーパーマーケットへと足を延ばしてみたが、やはり康晃はいなかった。書店でも覗いているのかな、と思いつつ、星子はそのまま役場へと続く道を歩く。こんな小さな町の商店街にもシャッターが閉ざされたままの店が何店舗もあった。パチンコ店も戸が開くのを見ない。

この界隈《かいわい》が買い物客で溢れていたのは、いつの頃なのだろう。

「あっ」

ガンビー、とペイントで手書きされたガラス窓の向こうに、兄の姿を見つけた。

そこは気の良い夫妻が営むアートサロンで、地元のひとたちが気楽に集ってお茶をする場所でもあった。星子も康晃も経営者夫妻に随分と可愛がられて育ち、両親亡きあとも何くれとなく世話を焼いてもらっていた。

声を掛けよう、と扉に伸ばした手を、しかし星子はすぐに引っ込める。

ストーブの湯気で曇ったガラスの向こうに、康晃だけでなく、校長と天文台の青柳技師の姿があったのだ。テーブルを囲んだ三人は話に夢中で、こちら側の星子に気付く気配もなかった。深刻な話をしているのだろう、康晃はひどく思い詰めた表情をしていた。

「お兄ちゃんったら」

星子には康晃がふたりに相談している内容が容易に察せられて、眉根を寄せた。

星子の進路については、これまで兄妹で幾度も幾度も話し合いを重ねたはずだ。福祉を学んで、この町でそれを生かした仕事に就きたい、と願うことのどこが、兄は不服なのだろうか。

そこまで陸別に縛られなくて良い――友達にもそう言われたけれど、どうしてそう決めつけられてしまうのか、星子にはわからない。

そっとガンビーの前を離れ、来た道を戻る。

左手に、昔ながらの板張りの廃屋が残っている。長い板材を横に用いて幾枚も重ねた外壁は、開拓時代の名残りの建築法だった。歪んだ窓ガラスは年代を感じさせる。大々的な町づくりが行われる以前の陸別町では、この形の住宅ばかりだった、と聞いている。

およそ防寒に役立ちそうもない、こうした倹しい住まいで、星子の両親は育ち、祖父母から前の世代のひとたちは生きたのだ。それを思うと、星子の心はしんと静かになる。

陸別が拓かれた時から、脈々と繋がれてきた町への想い。今は亡きひとびとの、町への温かな眼差し。そうしたものが年々削がれていくような気がして、星子は寂しくてならなかった。同級生たちの意識が町の外にあるからこそ、星子は町の中に目を向けていたい、と願う。そうした気持ちは、未だに両親が健在であったなら、持ちえなかったものかも知れない。

廃屋の前で立ち止まり、星子は深く息を吸い込む。見上げる空は十勝《とかち》晴れ、雲ひとつない澄んだ青空だった。


「前に話した通り、帯広には優れた演技指導者のいる高校があるの。学校としても演劇部の活動に力を入れているし、あなたの才能を伸ばす環境も充分に整っているのよ」

月曜日の放課後、案の定、星子は校長室へと呼び出されて、校長と担任の二人から出願変更を勧められた。担任の熱心な説得を聞きながら、星子は膝に置いた手にきゅっと力を込める。

「私、志望校を変更するつもりはありません。このまま予定通り、置戸の高校を受けます」

固い声で答える星子を前に、担任はふうっと溜息を洩らし、校長に首を振ってみせた。

「そう簡単に結論を出さないでほしい」

それまでソファに深く腰掛けていた校長は、身を乗り出すようにして星子の顔を覗き込んだ。眼鏡の奥の瞳に有無を言わさぬ力が籠っている。

「君のお兄さんは、私にこう言ったんだよ。妹が兄である自分のことや、この町のことを想う気持ちはわかる。けれども、十五歳にはもっと選択肢があって良い。妹には自分の人生を懸けて夢に向かって行く勇気を持ってほしい、と」

星子は半分泣きそうになって、きゅっと唇を引き結んだ。そんな星子の双眸を見つめて、校長はこう続ける。

「お兄さんの気持ちを大切に思うなら、せめて今夜一晩、自分と向き合って考えなさい」

校長と担任のふたりに頭を下げて、星子は逃げるように学校をあとにした。

積雪の帰路にひとの姿はなく、星子はひとり、目を乱暴に擦りながら歩いた。声を上げて泣きじゃくりたくなるのを、辛うじて堪えていた時だった。

「星子！」

「星子、星子！」

坂の下から和美と春菜が大声で呼んでいる。

「ロケ！　映画のロケやってるよ！」

「分線の踏切んとこ！」

早く早く、とふたりは懸命に手を振った。

普段は通るひとも殆《ほとん》どない踏切周辺にひとが溢れている。いずれも知った顔ばかりだ。

「ああ、星子ちゃん」

その姿を認めて、少しずつ道を譲ってくれるのは、星子に撮影現場を見せてやろうと思えばこそなのだろう。導かれるまま、人垣の前に出た。

見せ場の撮影なのか、スタッフが固唾を呑んで見守る中、テレビで馴染んだ人気の男優が相手役の頬を張る。手加減なしの、派手な音がした。

「一緒に行こう、って言ったじゃない。何処までも一緒に行こうって」

哀しい表情で男優に絡むのは、星子と四つしか違わない若い女優だった。

――ぼくたち一緒に行こう。みんなの本当の幸を探しに、何処までも何処までも一緒に行こう――

星子の耳もとに、星子自身の声が帰ってくる。映画のロケの現場のはずが、暗転して、真っ暗な舞台に立つ星子を、ピンスポットが眩しく照らしていた。

封印したのに。

封印したはずなのに。

星子は自分の台詞を追い払おうと、両の手で耳を塞いだ。

「あ、星子」

両耳を押さえたまま人垣から離れた星子に、和美と春菜は狼狽える。

星子、星子、と周囲を憚《はばか》って呼ぶ友の声を振り切り、星子はその場を逃げ出した。

何処をどう歩いたのか、あまり記憶がない。気付けば大通りから本證寺《ほんしょうじ》に続く長い階段の中ほどに座っていた。陽は落ちて、気温はぐっと下がり、いくらしっかり着込んでいるとはいえ、冷気は足もとから這い上がってくる。

目を転じれば、まだひとが残っているのか、町役場の明かりが洩れている。カナダの姉妹都市にちなみ「ラコーム通り」と名付けられた道をオレンジ色の街路灯が照らす。役場の背後には、黒々とした山のシルエットが迫る。高い位置から見渡す陸別の夜は、静寂で厳かだった。

さすがに歯の根が合わなくなって、星子はゆっくりと立ち上がり、階段を下りる。大通りを、こちらへ向かってくる一台のワゴン車があった。運転手が星子を認めたのか、車は緩やかに徐行して路肩に止まった。

「星子ちゃんじゃないか」

窓が開いて、声をかけてきたのは、天文台の青柳だった。

「どうしたんだい、こんなところで」

優しく話しかけたものの、青年は階段の少女が今にも泣き出しそうなのに気付いた様子だった。仄かな笑顔は消えて、案ずる表情になる。

「乗って」

手を伸ばして助手席のドアを開け、青柳は星子に言った。


銀河の森天文台、という美しい名前を与えられた天文台のドーム内には、百十五センチの口径を持つ反射望遠鏡が据えられている。公開されている天体望遠鏡の中で日本最大級、と聞いたことがあった。

月曜日の今日は休館日のため、ほかにひとの姿はない。星子は望遠鏡の台座に浅く腰かけて、青柳に今日の校長室での遣り取り、そしてロケ現場での出来事をぽつりぽつりと語った。星子が語り終えるまで青柳は辛抱強く耳を傾けた。

「そうか、そんなことがあったんだ」

労う声を受けて、星子は涙が零れそうになった。

「皆が陸別を離れていく。私まで出て行ったらどうなるの、とか。演劇をやって大成できるワケない、とか。色々考えたら、頭の中がごちゃごちゃになって……」

初めて素直な気持ちを打ち明けて、星子は溢れだした涙を手の甲で力任せに払った。少女の様子を見守っていた青柳だが、見学者用のダウンコートを二着手に取ると、一着を星子に差し出して促した。

「寒いけど、ドームの外に出てみようか」

ドームの扉を抜けて、そのまま天文台の屋上へと出る。足もとは凍りつき、油断するとつるつると滑るから、二人は手すりにしっかりと掴まって天を仰いだ。

頭上に輝く天の川。大犬が小犬を追い駆け、オリオンは果敢に牡牛に立ち向かう。霞んでいるあれはプレアデス星団。ペルセウスにカシオペアの姿も見つけられた。まだ月の姿はなく、漆黒の舞台に立つ星座たちの競演を遮る雲の幕もない。

「何て綺麗」

星子は手すりを持つ手に力を込め、背を逸らして天を仰いだ。

「この時期は一層、見ごたえがあるからね」

青柳は言って、同じように背中を逸らした。

暫くの間、互いの存在も忘れて、星々の姿に見入る。物言わぬはずが、無数の瞬きがこちらに語りかけてくるようだった。

「この星に魅せられて、僕は東京からここに移ってきたんだ」

青柳は星子に聞かせる風でもなく、ぽつりと呟いた。

東京から、と星子は繰り返す。

ああ、と青柳は視線を天空から傍らの少女へ移して、緩やかに口もとを綻ばせた。

「僕の実家はね、東京で半世紀以上続く和菓子屋なんだよ。一人息子の僕は、けれど、どうしても星への思いを捨てられなかった。そして両親も、跡を継いではしいという気持ちを封じて息子の思う道を選ばせてくれたんだ」

初めて知る話に、星子は思わず目を見張る。

「だからだろうね、僕には康晃君の気持ちが、僕の両親のそれに重なって仕方ないんだよ」

切なさの滲む口調で言って、青年は軽く首を振った。

星子は少し考え、やがて躊躇いがちに問いかけた。

「青柳さん、故郷《ふるさと》の東京を出たこと、後悔してない？」

「してない」

一瞬の躊躇いもなく問いの答えを返したあと、それでは足りない、と思ったのか、青年は暫し考えて、こう言い添えた。

「これから齢《とし》を重ねて、取り巻く状況が違って来ればまた別なのかも知れない。けれどそれでも、やっぱり後悔だけはするまい、と決めているんだ。僕の夢を知り、背中を押してくれたひとたちの思いを無駄にしないためにも、故郷を出たことを決して後悔しない」

天文技師の言葉は、少女の胸に沁みた。

会話は途切れ、ふたりは再び夜空を仰ぐ。

オリオン座のペテルギウス、小犬座のプロキオン、大犬座のシリウス。巨大な冬の大三角形の間を、長く尾を引いて星が流れた。それを機に、青年はおもむろに唇を解いた。

「故郷って、人間にとっての心棒なんだと思うんだ。そのひとの精神を貫く、一本の棒なんだよ、きっと」

星子は青年の言わんとすることを理解しようと、真剣な眼差しをその横顔に注いでいる。それに気付いて、青柳は少女に柔らかな笑みを投げかけた。

「町を去るひともあれば、戻るひともある。僕のように、新たにこの町に来るひとだっている。それでも、故郷という心棒を持たないひとはいないし、心棒があるからこそ、ひとは羽ばたく勇気を持てるんだと思う」

羽ばたく勇気、と低い声で星子は繰り返した。

星子の身体に流れる、両親や前の世代から脈々と受け継がれてきた血。陸別で過ごした日々。陸別で育んだ夢。そうしたものが星子を形作り、これからも星子を支え続けるに違いない。そう、たとえ陸別を離れたとしても。

――ぼくたちは何処までだって行ける切符を持っているんだ――

独り芝居の自身の台詞が、はっきりと耳に届く。

「羽ばたく勇気……」

星子はもう一度、繰り返した。

三月に入り、公立高校の一般入試の朝を迎えた。

雪景色は変わらず、春はまだずっと先だけれど、それでも日中の最高気温は十度を超えるようになった。十勝晴れの天から恵みの陽光が降り注いでいる。陸別駅では、上り、下り、どちらのホームにも珍しくひとが溢れていた。受験に向かう陸別中学の生徒とその家族だった。

改札を抜ける時、和美の姿を見つけた。

「忘れ物は無いわね？　受験票は持った？」

母親に幾度も確認されて、緊張の面持ちで北見行きのホームに繋がる陸橋へと和美は急ぐ。星子のことも目に入っていない様子だった。

星子は陸橋へは向かわず、改札のすぐ前のホームで列車の入線を待った。

ほどなく、朝の陽射しに白い車体を輝かせ、ふるさと銀河線が入線する。今朝は珍しく二両編成だった。受験に合わせてなのだろう。

「落ち着くんだぞ」

「頑張ってくるのよ」

親に送られて、強張った表情の生徒たちが次々に車両の中へ吸い込まれていく。

星子は一番最後に、前の車両に乗り込んだ。

運転席にいるのは康晃だった。濃紺の制服と制帽を身に着けた康晃は、妹を認めると、僅かに口角を上げて頷いてみせる。

星子、しっかりな

はい、お兄ちゃん

兄妹は密やかに眼差しを交わした。

銀河線の運転士は全員が乗り込んだことを確認すると、マイクを手に取る。

「この列車はふるさと銀河線、帯広行き、帯広行きです」

扉が閉まると、銀河線は車体をごとりと大きく揺らせて、動き始めた。やがて徐々に加速を始める。

運転席の脇、窓ガラスを背にして立つと、星子は胸に鞄を抱え込んだ。ガラスから射し込む陽が車両に満ちていく。

返信

陸別、という町に来ています。

ここは何も無いところですが、そこが良いのです。


十五年前の、徹《とおる》からのハガキには、無骨な文字でそう認《したた》めてあった。筆不精の息子から届いた便りは、珍しさもあって、暫くの間、リビングのコルクボードにピンで張られていた。その名残りが、今は黄ばんだハガキの短い辺に、小さな穴として残っている。

徹が不慮の事故でこの世を去った後、少し経ってこのハガキを見つけた諒子《りょうこ》が、額に入れずにいたことを、随分悔やんでいた。

そんなことを思い返していた瑛一郎《えいいちろう》だが、諒子がトイレから出て来たのを認めて、ハガキをそっとジャケットの内ポケットに収めた。

「私も年を取ったわ、お手洗いが近くて」

　苦笑しながら諒子が、瑛一郎の向かいの座席に腰を下ろした。

「でも、たった一両の車両なのにお手洗いがあって、助かった」

「北見から池田まで、走行距離の長い路線なんだ。トイレくらいあるさ」

　夫の言い分に、そうね、と諒子は応え、ポケットから取り出したティッシュで曇った窓ガラスを拭いた。本州では既に春なのだが、車窓には、白いペンキを流したような雪原が広がる。こちらでは、五月の声を聞かないと、雪は融《と》けないそうだ。

　北海道ちほく高原鉄道ふるさと銀河線。この美しい響きの路線を使って旅をしよう、そう言い出したのは、瑛一郎が先だったか、それとも諒子だったか。徹の三回忌が済む頃、お互いの気持ちが重なった。

　十五年前、自動車の運転免許を持たなかった徹が、そうしたように。その足跡通りに。

　とは言え、日記を付ける習慣もない息子が残した旅の記録は、先のハガキより他に無い。

　あとは、当時息子から聞いて、断片的な記憶として残っている土産話。北見駅で薄荷《はっか》の香りに包まれて立ち食い蕎麦を食べたことや、諒子が宅配便で届けてやったパイル編みのセーターが役に立ったこと、星が落ちて来るかと思った話、等々。それらから推測出来ることを実行に移すだけだった。

「不思議よねぇ、どうして、ちょっとしか登場しない陸別だったのかしら。普通なら、やっぱり感動的なラストシーンの夕張《ゆうばり》だと思うの」

「そうだなァ」

徹が、その地を訪れてみる気になったのは、一本の古い邦画がきっかけだった。瑛一郎と諒子も好きなその映画を、下宿先近くの名画座で見たという。そして、その感想を、年末に帰省した際、父親と酒を酌み交わしつつ、こんな風に話した。

高倉健《たかくらけん》と桃井《ももい》かおりが、懐かしい感じの木造の駅舎で話してる場面があったよね。改札越しに、のんびり鯉のぼりが泳いでる。ゴミ箱は手製で、「くずもの入」なんて書いてある。それに、町並みが映るのはほんの一瞬なんだけど、何とも奥ゆかしい佇まいなんだよね。道はアスファルトなのに、土埃《つちぼこり》がすごくてサ。ああいうの、何か良いよね。俺、バイト頑張って、春休みに入ったら陸別に行ってみようかな。うん、行ってみよう。

口下手で、どちらかと言えば内向的な息子が、酒のせいか珍しく饒舌《じょうぜつ》だったので、よく覚えている。二人とも、そんなシーンがあったことさえ忘れていたので、徹が大学へ戻ってから、ビデオをレンタルして見直したのだった。

「だって、やっぱり一番印象的なのは、あの、風に揺れる一面の黄色いハンカチのシーンだと思うわよ。あそこは、何度見ても、やっぱり泣いてしまう」

諒子は、誰もが見逃してしまうような、ささやかなシーンを心に留めた息子の気持ちを、今もって理解出来ずにいた。

「感性、というのは人それぞれだからな。だが、あいつには、人が目もくれないようなものの真価を見抜く才覚があった」

夫の言葉に、諒子は、深く頷いた。

思えば、我が子ながら、不思議な男だった。

公認会計士の資格を取り、順風満帆《じゅんぷうまんぱん》な人生を歩んでいた徹が、「結婚したい」と、初めて恋人を自宅に連れて来た時。紹介された女性を見て、瑛一郎と諒子は、一瞬、息を吞んだ。身幅が徹の倍はありそうで、「鬼瓦」という表現がピタリと当てはまるような、強烈な容貌だった。お前ほどの男が何故、という台詞を吞み込んで、父は、彼女が帰った後で息子に、「一体、あの人のどこに惹かれたんだ?」と尋ねた。

徹の答は、こうだった。

「爪が、丸いとこ」

披露宴では、鬼瓦が打ち掛けを着た姿に、招待客が一斉に俯いて笑いを嚙み殺した。身も細る思いで二組の両親が見守る中、徹だけは、ニコニコと幸福そうに笑っていた。

「マニキュアも施さない、丸い爪の真由美《まゆみ》さんは、草花を育てるのが上手で、きれい好きで。それに他人の痛みにも敏感で、思いやりがあって。徹の人を見る目は確かだった」

すっかり曇ってしまった窓ガラスを再び拭き直しながら、しみじみと諒子は言った。

「一人娘の彩香《あやか》も生まれて、しっかり者の母親になって。若い頃は鬼瓦みたいだった外見も、年齢を重ねたら、人柄が滲み出た、味のある風貌になりましたねぇ。それなのに」

妻の声が揺れるのを感じて、夫は、話題を転じようと試みた。

「小利別《しょうとしべつ》、か」

窓の外に見えた駅の表示を、瑛一郎は時刻表を開いて確認する。あることに気付いて、駅名を指で追ってみた。

小利別、陸別、薫別《くんべつ》、上利別《かみとしべつ》、本別《ほんべつ》、南本別《みなみほんべつ》。

「この路線の駅名は、『別』の字がつくのが多いなあ」

「……よもや、三十そこそこで未亡人にしてしまうなんてねぇ」

悲しみが少しだけぶり返して、二人は黙った。

小利別を過ぎた辺りから、日が射してきた。線路と並行に、凍りきらない小川が、思いがけず深い色を湛えて流れていた。その水を求めて、蝦夷鹿やキタキツネが姿を現す。夫婦が暮らす東京都内ではついぞお目にかかれない光景が、車窓に広がっていた。

「徹も」

諒子が、口を開いた。

「こんな光景を見てたのかしらね」

「ああ。ハガキの消印から考えると、おそらく十五年前の昨日か、一昨日《おととい》に」

瑛一郎は、旅行鞄を網棚から下ろすために立ち上がり、何気なく車内を見回した。置戸を出たあたりから人の気配が消えたと思ったが、やはり他に乗客は居なかった。

南側から陽が射し込んで、車内を光で満たしている。ふと、後方の、陽だまりのような座席に、大学生の徹が座っているような幻影が見えた。粗い編みのセーターを着た息子が、窓ガラスに額をつけるようにして車窓を眺めている、そんな姿が確かに見えた気がして、瑛一郎は、目を瞬いた。

「陸別駅は昔のままかしら」

諒子の声に、瑛一郎は妻に視線を戻した。

「何度も映画を見たせいか、駅の中の様子まで覚えてしまったわ」

諒子はそう打ち明けて、仄かに笑みを零した。

徹の死後、繰り返し見たビデオテープのお蔭で、昔の陸別駅の姿は、二人にはとても近しい。古い木造の駅舎に佇む徹の姿を思い描いて、この旅を心待ちにしていたのだ。

銀河線のゴトゴトと揺れるリズムが、夫婦の耳には、「もうすぐ、もうすぐ」と囁いているように聞こえる。陸別駅はじきだった。

ぴーっと短い警笛を残し、車両は雪原の中を、ゆっくりと遠ざかっていく。ホームに降り立った直後から瑛一郎と諒子は、棒を呑んだように立ち尽くしていた。

どちらからともなく眼差しを交わし、駅名標を確かめる。確かに「陸別」で間違いないはずなのだが、思い描いていた光景とはまるで違っている。

目の前にあるのは、「懐かしい木造の駅舎」などでは、決してない。堂々とした白亜の近代的な建物だった。手製のゴミ箱も、のんびり泳ぐ鯉のぼりも全く似合いそうもない、洒落た外観なのだ。

これは、一体、どういうことだろう。

夫婦は、言葉も無いまま、互いの顔を見合った。そんな二人の様子を奇異に思ったのか、駅長室から、制服姿の男性が顔を出した。

「どうされました？」

初老の夫婦は、魂の抜けたような顔を男の方へ向けた。

「そうですか、映画をご覧になって」

天井の高い駅長室は、思いの外、声がよく通る。奥の方で駅長がコーヒーを入れているらしく、良い香りが漂ってきた。

「『幸福の黄色いハンカチ』が封切られたのは、確か一九七七年でしたから、ざっと二十六年前ですか」

駅長がトレイを手にして現れ、ふたりの前に不揃いのマグカップを置いた。

「それだけ時が経ちますと、もう当時の面影は……さ、どうぞ」

勧められてふたりは、おずおずとカップに手を伸ばす。

「ありがとうございます、いただきます」

気の良い駅長は、二人がコーヒーを飲み干す間に、色々な話を聞かせてくれた。

十年ほど前に、駅舎を含めた大規模な再開発が済み、町並みが一変したこと。この駅舎は、宿泊施設をも兼ね備えたもので、オープンした年号を取って「オーロラタウン93」と名づけられていること、等々。

古くから営業している旅館が一軒あることを聞き出したふたりは、もしや徹も泊まった宿かと思い、今夜の宿をそこに決めて、彼の親切に幾度も礼を述べた。

駅舎を出ると、いきなり、この町の中心部が目に入った。

幅広のアスファルトの道路。整然とした町並み。カナダの姉妹都市を真似たという整い方は、まるで近未来都市のようだ。

『町並みが映るのはほんの一瞬なんだけど、何とも奥ゆかしい佇まいなんだよね』

徹の声が耳の奥で虚しく響く。

モノクロのような、古い町並み。木造の家屋が立ち並び、土埃の舞う通り。店頭に並べた商品に、はたきをかける店員。昔ながらの買い物籠をさげた主婦たち。誰も気にも留めないけれど、市井《しせい》の人々の倹しい息遣いの聞こえる町。徹がいるのは、そんな情景の中だったはずだ。

違う、求めていたのは、ここではない。

ここには、徹はいない。いないのだ。

「来なければ、良かった」

諒子が、大きく肩を落として、ポツンと零した。

教えられた旅館には、すぐに辿り着いた。宿泊手続きを済ませたふたりは、十五年前のことを尋ねたが、徹の宿泊は確認できなかった。やむなく荷物を置いて、町へ散策に出る。

瀟洒な役場の庁舎に町民ホール、コンビニエンスストア、町商工会館、等々。徹がこの町を訪れた当時には、存在しなかっただろう建物を見て回って、瑛一郎が、寂しさの滲む口調で言った。

「古いまま、変わらずにいて欲しいなんてのは、旅人の身勝手な感傷なんだよ。ここで実際に暮らすひとたちに対して、実に失礼な感想だ」

諒子はそれには応えず、哀しげな眼差しを周囲に廻らせている。

映画に登場した街の名残りが何処かに形を留めていないか、妻は懸命に探しているのだ、と察して、瑛一郎は口を噤んだ。

ゆっくりと町の中心部を歩き終えたのは、黄昏時だった。旅館に戻る途中、カメラ店を見つけて、ふたりは足を止めた。北見でフィルムを買い損ねたことを思い出したのだ。

「ご旅行ですか？」

つり銭とレシートを瑛一郎に手渡しながら、店番の女性が、気さくに話し掛けてきた。

瑛一郎は黙って頷き、それから、思い返して彼女にこう尋ねた。

「あの、この町で見ておくべきところは、どこでしょうか？」

「天文台、かしら」

「天文台？」

「ええ、銀河の森天文台というのがあるんですよ」

瑛一郎は重ねて問うた。

「それは古くからこの町にあるものですか？」

いえ、と女性は頭を振ってみせた。

平成十年のオープン、という情報を得て、夫婦は同時に肩を落とす。その様子を見て、女性は申し訳なさそうに言葉を添えた。

「この季節だと他にはねェ。基本的に、何も無いところですから」

最後の一言に、瑛一郎と諒子は、思わず顔を見合わせた。諒子が、震えを抑えたような声で、復唱した。

「何も無いところ……」

「ええ。でも、ここで生まれ育った人が、一旦外へ出て、またこの地へ戻って来た時に、必ず言う台詞があるんですよ」

女性の両頬に、エクボが出来ている。

「何も無いけど、そこが良い」

『何も無いところですが、そこが良いのです』

女性の声が、徹のハガキの言葉に重なって聞こえた。

ふたりの脳裏に、一瞬、徹の笑顔が宿る。

諒子は、盛り上がる涙を隠すように、顔を背けて、先に店を出た。瑛一郎は、女性店員に、くぐもった声で礼を言い、妻の後を追った。

夜が、始まろうとしていた。

瑛一郎と諒子は、まるで申し合わせたように、旅館の前を通過して、さらに歩き続けた。

気付けば、町花だという福寿草《ふくじゅそう》をかたどったランタンが、オレンジ色の優しい光を放っている。足元の白い雪がうっすらオレンジ色に染まり、幻想的な世界に迷い込んだようだった。人通りもない道を、二人は黙々と歩いた。

「お父さん」

　ふいに、諒子が、滅多に使わなくなった名で、瑛一郎を呼び止めた。少し先を歩いていた夫は、立ち止まって振り返った。

「どうしたんだ、母さん」

　徹と暮らしていた時に使っていた懐かしい名で、瑛一郎も妻を呼んだ。

　諒子は、何かに耐えるように拳を握り、声を絞り出した。

「独立し家庭を持った息子を失う親の悲しみより、夫に先立たれた真由美さんの方が辛い。まだ年端も行かないのに父親を失った彩香の方が不憫《ふびん》だ。そう思って、お父さん、私、そう思って」

「うん」

「だから、人前でも悲しみを押し隠して。でも、でもね、お父さん、私が生んだあの子が、徹が、もうこの世にいない。家にも、この町にも……この世の、何処にもいない」

　迷子になった子供のように、顔を歪めて、諒子は泣いていた。瑛一郎は、妻をそっと抱き寄せる。

　悲しみに順位などないのに。

一家の主を失う悲しみも、成人した息子を失う老いた親の悲しみも、愛しい人を失う悲しみに変わりはないのに、そんなところで一歩引いていた妻が、瑛一郎には不憫でならなかった。

突然、貫くような悲しみが、瑛一郎の胸倉を掴んで、激しく揺さぶった。

息子が生まれたと知らされて、産院に走ったあの日。成長する過程で時として小さな嵐はあっても、諒子と徹と瑛一郎、家族として過ごした陽だまりのような日々。だが、その徹は、もういないのだ。

二年経ってなお、その不在に慣れない。慣れる筈がない。

諒子と瑛一郎は、互いの身体をきつく抱き締め、身を震わせて泣いた。

どのくらい、そうしていたのだろう。瑛一郎は、誰かに呼ばれた気がして、顔を上げた。

満天の星が、頭上にあった。両の掌を向ければ、零れ落ちて来そうな、無数の星々。

「諒子」

瑛一郎は、妻の体を揺すって、言った。

「諒子、ご覧」

夫に倣《なら》って空を仰いだ諒子が、息を吞み込んだ。

月の無い夜だった。漆黒のビロードにガラスの粉を撒《ま》いたように、びっしりと隙間無く無数の星が瞬いている。

諒子が、両手を広げて、叫んだ。

「あなた、あなた、星が落っこちて来そう！」

「ああ」

妻を真似て、星を受け止めるように天を仰いだ瑛一郎は、不思議な思いに駆られていた。

今、この瞬間。

周りの一切が消え去り、自分という一つの生命体が、宇宙の中に溶け込んで行く。目に見えない、何か大いなるものの存在に、魂ごと抱き留められている。あらゆる苦悩や、悲しみ、切なさ。そうした感情の向こうに、温かな光が瞬くような。

徹。

徹、お前も、これを見たんだな。

「不思議なの」

諒子が静かな声で言った。

「徹が、今、傍にいるような気がしてならない」

「いるんだよ、きっと」

瑛一郎の言葉に、諒子は、密やかに頷いた。二人は暫くの間、黙って星空に心を委ねた。

徹は二度と帰らない、けれど、今、自分たちは、徹の魂の行き着いた先を見ている。

声を聞くことも、手で触れることもかなわないけれど、確かに徹の魂は今、傍らにいる。瑛一郎にも諒子にも、それが信じられた。

宿への帰り道、駅近くのコンビニで、ふたりは、官製ハガキを一枚、買った。カウンターの隅を借りて、両親は、息子に返信を書いた。

諒子が長い間かかって考え、思案した末に書いた文を読んで、瑛一郎は、手にしたペンを収めた。書き加えることがなかった。

そこには、こう記されていた。

徹へ
ふたりで陸別に来ています。
ここは、お前に逢える町です。

雨を聴く午後

郊外から新宿駅へと向かう私鉄電車の線路脇に、一棟の古いアパートが建っていた。昭和半ばの建築で、木造モルタル二階建て、風呂なし、トイレ共同。建て替えが進んだ新しい町並みの中に在って、そこだけ時が止まったような佇まいだった。

各駅停車ならば、最寄駅付近で減速した際に、乗客の目に留まるかも知れない。特急や急行に乗ってしまえば、よほど注意しない限り、その存在に気付くことはない。

だが、ひと目を引こうと引くまいとに拘らず、その古い建物ではさまざまな人生が紡がれていた。今も、そして過去においても。

見渡す限り田圃《たんぼ》、という環境で育った江口忠《えぐちただし》が大学進学のために上京して、最初に住んだのがそのアパートの二階、線路に面した端の部屋だった。

六畳ひと間、部屋の隅に板張りの小さな流しとひとくちコンロ、かなりの収納力のある押入れ、線路に面して大きめの窓がひとつ。窓を開ければ錆びた手すりがある。洗濯物を干す時は、ピンチ付きの洗濯ハンガーを用いて、手すりにぶら下げるしかなかった。

わりに良心的な家賃だったため、十ある部屋は全て埋まっていた。僅かしかない引っ越しの荷物を抱えて階段を上がっていた時、何処の部屋からか「夏色のナンシー」という軽妙な流行歌が流れてきた。それを聞きながら、これから始まる都会での新しい生活に胸を弾ませたことを覚えている。

証券会社に就職が決まって、小奇麗なワンルームへと引っ越し、やがてバブルという華やかな時代に突入してからは、かつての貧乏臭い住まいを思い出すこともなかった。

「てめえが俺たちの親父を殺したんだろうが」

男の握り拳が、忠の顔面で炸裂して、目の奥に火花が散った。抗う間もなく、別の男に脇腹を足蹴にされる。

暴漢はふたり。三十そこそこか、忠とそう齢も違わない。揃いの作業服は油で汚れ、靴も揃って泥まみれだった。面差しも似た兄弟だ。

そぼ降る雨の中、線路沿いの裏道にはほかに人影もない。

「あの時、お前の口車にさえ乗らなけりゃあ、親父は首を吊らずに済んだ」

兄と思しき男はそう喚いて、拳に憎しみを託す。

殴り返そうと思えば出来た。たとえ相手がふたりだったとしても、一発くらいはお見舞い出来るはずだった。だが、忠は握った拳を振り上げることをしなかった。脳裡に、白い面布《めんぬの》で顔を覆われた亡骸が浮かんでいた。

忠は殴られるまま後退し、大きくのけ反った。線路に沿って張られたフェンスが、六十五キロの身体を辛うじて受け止める。

殴り続けて息切れする兄に代わって、弟が忠の背広の襟を捉えた。

「バブルが弾けました、で済む問題かよ」

男の膝頭が忠の腹にめり込んで、忠は耐え切れず、げえ、と胃の中のものを吐いた。そのまま、どっと倒れ込む。それでも男は執拗《しつよう》に、倒れた忠へ足蹴を繰り返した。

覚えている。

面布の下の顔を、よく覚えている。この兄弟、特に弟の方によく似た初老の男だった。資産を増やしたい一心だったのだろう、株を買うのに、こつこつと貯めた虎の子だけでは足らず、工場の運営資金にまで手を付けていたのだ。形ばかりお悔やみを言いに出かけた通夜の席で、未亡人となった老妻に、面布を外した遺体と対面させられた。

かんかんかん、と遠くで踏切が鳴っている。

無意識のうちに、忠は、両の手で頭を庇《かば》っていた。

ガターン、ガターン、という音が徐々に近付くのに気付いて、兄弟は顔を見合わせた。

思う存分に暴行して憑き物が取れたのだろう、ふたりは頷き合うとその場を足早に離れた。

ゴゴゴゴゴ、と轟音を立てて特急電車は忠の脇を通過して、あとに静寂が残った。弱い雨が遠ざかる意識を呼び戻し、忠はフェンスに手をかけて何とか身を起こした。

「痛ぇ」

腹の痛みに気を取られていたが、立ち上がった途端、左頰から眼にかけて激痛が走った。瞼が腫れ上がり、左眼が開け辛い。

畜生、と忠は呻いた。畜生、何で俺がこんな目に遭わないといけないんだ、と。俺のせいじゃないだろう、と。だが、毒づく手前で、面布の下の顔が思い出されて、やりきれなさだけが忠を支配する。

とにかく会社に戻ろう、と忠はよろめきながら駅を目指した。兄弟と外出先で出くわして、有無を言わさず引っ張って行かれた場所だった。土地勘のないはずが、周囲に妙な既視感を覚える。変だ、変だ、と思いつつ、雨の中を傘もないまま歩いた。

一軒の古い集合住宅の前で、忠は立ち止った。入口には大小さまざまな植木鉢が並べられ、紫陽花《あじさい》やらカタバミやらが大雑把に育てられている。視線を転じれば、古びたガラス戸に、塗料で文字が書いてあった。劣化し、剝げているが、微かに「共栄荘《きょうえいそう》」と読み取れた。

「ああ」

忠は声を洩らし、棒立ちになる。

見覚えのあるそこは、彼が学生時代の大半を過ごした集合住宅だった。それまで思い出しもしなかったはずが、胸の何処かをぎゅっと摑まれたように感じる。

忠は数歩下がって、建物の二階を仰ぎ見た。

二階の端の部屋、窓の手すりに洗濯物が干されている。忠も昔そうしたように、ピンチつきの洗濯ハンガーが使われていた。

軒に守られて、この程度の雨なら大丈夫、とばかりに干されたままなのは、一足の真っ白な木綿のソックスだった。雨で薄暗い中、その純白は際立って目を引いた。

忠は眩しそうに両眼を細めて、ソックスを見上げる。

『干し場が無いから、あんな風に手すりに干すしかないんだよな』

洗濯機を買う金もなかったから、汚れ物はまとめてコインランドリーに持ち込むか、少しなら手洗いして、ああして干したものだ。

あれからかれこれ七、八年、経つはずだが、集合住宅は当時と殆ど変わらない姿をしていた。目を凝らせば、窓枠に腰かけて電車を眺めている大学生の頃の自分が見えるようだった。

舌に鉄の味を覚えて、忠は唾を吐き出した。捨てられた発泡スチロールに着地した唾には血が混じっていた。それを目にして初めて、口の中を切っていることに気付く。手の甲で唇を拭うと、忠は苦く笑った。

皮肉なもんだ。

学生時代に夢を育み暮らした質素な住まいと、こんな形で再会しようとは。

その場を動けずにいる男を憐れんでいるのか、慈雨が止むことはなかった。


渋谷区の端に位置する賃貸マンションが、今の忠の住まいだった。狭いながらも、リビングと寝室は分かれており、トイレと風呂も独立したタイプのものだ。独身者の住まいとしては充分だろう。共栄荘から数えて四軒目、家賃は共栄荘のおよそ二倍だった。ただし、バブルの頃は、もっと良い物件に住んでいた。

汚れたシャツや下着を全自動洗濯機に放り込み、シャワーで血や泥を丁寧に洗い流す。

相手を恨みきるほどの気力もなく、殴り返さなかった自身の不甲斐なさを嘆く意地もない。諦めとやりきれなさとを、忠はシャワーで汚れと一緒に洗い流した。

バスタオルで身体を拭い、腫れ上がった顔の治療を済ませて、漸く気持ちが切り替わった。

冷蔵庫から缶コーヒーを取り出して、きゅっとあおる。酒の飲めない忠にとって、湯上りの缶コーヒーは何よりの慰めになった。

冷えた缶を片手に、フローリングの床に足を投げ出して、ぼんやりする。ほどよく疲れが癒されたのか、脳裡に昼間見た共栄荘の姿が浮かんでいた。

忠はふと、缶を床に置く。

「そうだ、確か……」

キャビネットの最下段、無駄に大きな収納スペースがあるが、その奥の方に手を突っ込む。左右を探ると、指先に固いものが触れた。引っ張り出して見れば、名刺サイズの紙箱――生まれて初めて買った名刺入れの、空き箱だった。

「これだ」

蓋を開くと、中にひとつだけ、銀色に光る鍵が入っている。

あの部屋の鍵、正確にはスペアキイだった。入居時に不動産屋から預かった鍵は、退去時に返却済みだ。

上京して初めて出来た彼女にねだられて、スペアキイを作って渡した。自宅通いの女子大生だったから、忠の部屋でふたりだけの時を幾度となく過ごした。今では何が原因で別れたのか、思い出せもしないのだが、とにかく別れる時に返された鍵を、何となくその紙箱に入れ、取っておいたのだった。

田舎から出てきて、十八から二十二までを暮らした部屋のスペアキイ。捨てるチャンスは幾度もあったはずなのに、と忠は苦笑して、それを取り出して掌に載せ、きゅっと握る。ひんやりと冷たく硬い感触だった。

今、あの部屋にどんなひとが住んでいるのだろう。

真っ白な木綿のソックスが目に浮かんだ。

今どき、あんなソックスを穿く大人を知らない。引っ越し業者か、あるいは保育士あたりか。

鍵を紙箱に戻そうとして、留《とど》まった。紙箱はダストボックスに投げ込み、鍵はテーブルに置いた。鈍く光る銀色の鍵は、妙に存在感がある。その鍵を眺めつつ、忠は居心地悪そうに缶コーヒーの残りを飲み干した。


翌朝、出勤前に忠はテーブルの上の鍵を、さり気なく背広の胸ポケットに滑り込ませた。格別な理由があるわけではない、と自身に言い訳して、鍵の存在を確かめるように上から掌で触れてみる。

サマースーツの生地越しに、確かにここにいる、と主張する薄くて硬い感触があった。

梅雨時の今の空と同じくどんよりとした気持ちも、その仕草で少しばかり晴れる。それから数日の間、忠は自分には用のないはずの鍵にポケットの上から触れることを朝の儀式とした。

新規の顧客開拓のため、主に私鉄沿線の商店街や住宅地を飛び込みで回るのが、ここ最近の忠の仕事だった。ただ座っていれば向こうから客が来た時代では最早ない。

「いいから帰ってくれ」

駅前の商店街で一番の古株の店主は、声を荒らげた。

「そう仰らず、話だけでも」

鞄からパンフレットを取り出そうとする忠の身体を、店主は扉の外へと押しやる。年寄りにしては強い力で、忠は勢いに負けて尻餅をついた。

「株屋の顔なんぞ見たくもない」

今どき珍しい、自動ドアでない引き戸がぴしゃりと音を立てて閉じられた。

「おっと」

ぶつかりそうになった忠を巧みにかわして、通行人が迷惑そうな一瞥を投げる。

濃紺のリクルートスーツに身を包んだ、大学生と思しきふたり連れだった。忠と視線が絡み合うと、ふたりはあからさまに顔を背けた。

「親はさ、こんなご時世だから公務員に、とか言うんだけど、筆記で落ちたからなあ」

「総合商社に食品メーカー、出版関係に保険会社、と手当たり次第に受けてるんだぜ、我ながら節操がないったら。要するに、どこでも良いから拾ってくれ、って思う」

そんな会話を交わして、ふたりは忠の傍らを通り抜けて行く。

地面に、忠の手から落ちたパンフレットが散らばっている。彼らは何の躊躇いもなく、それを踏んで歩いた。

「まあ、さすがに証券会社だけはないけどな」

片方が言えば、

「ないないない」

と、もう片方が大げさに手を左右に振る。

真新しい革靴に踏まれて、薄いパンフレットは靴底に張り付いた。それを邪険に払い除け、ふたりは哄笑《こうしよう》を残して去った。

若者たちの背中を暫く見送って、忠はのろのろと立ち上がった。彼らの台詞や振る舞いに腹立ちや悔しさを感じるはずが、心は凪いでいた。

忠にも、あんな風に就職活動で走り回った時代があった。当時、世間で人気のない職種のことを小馬鹿にした覚えもある。若さゆえの傲慢さで、自身の未来は光の中にある、と信じて疑わなかった。

『それがどうだ、今はこんな無様でみっともない……』

散らばったパンフレットを中腰で拾いながら、忠は自嘲気味に笑った。

泥を払い、鞄にしまったあと、忠は何気なく胸ポケットを押さえた。そこに収められたものが、確かに忠を呼んでいた。

先日見た時はまだ淡い色の蕾《つぼみ》だった紫陽花が、今は雨の中、目の覚めるような真っ青な花衣を広げている。

共栄荘の前に立ち、傘を傾けて、忠は建物を見上げた。二階の端の部屋、窓外の手すりにはこの間と同じく、真っ白なソックスが干されている。

やっぱり来てしまった、と忠は握り締めた左手を開いて視線を落とした。銀色の鍵が傘の滴を受けて、鈍く濡れ光っていた。

周辺を見回し、人影のないことに安堵しつつ、古めかしいガラス扉に手をかける。昔と変わらない重みだった。

大丈夫だ。もしも今、見つかったとしても、保険か何かのセールスだと適当に誤魔化《ごまか》せば良い。そう自身に言い聞かせて、中に足を踏み入れた。

入ってすぐ右手に各戸用の郵便受けがある。少しも変わっていない。無造作に広告のチラシが突っ込んであるのも昔と同じだった。

入居者が入れ替わっても、その度に家主が鍵を取り換えるとは限らない、と耳にしたことがある。忠が住んでいた頃は、管理会社を挟むこともなく、一応、鍵の受け取りや部屋の明け渡しの際に不動産屋が窓口になっているものの、やり取りは至極ルーズだった。

仮に、今もそうだとしたら……。

忠は掌の鍵を握り締めたまま、階段へと向かった。長年の使用に耐えたリノリウムの階段は、忠の体重を黙って受け止める。

上がり終えて一番端、二〇五号室はあった。

ベニヤ板を幾枚も貼り合わせた合板で作った、如何にも安普請のドアに、「露野《つゆの》」とマジックで記された紙の表札が貼ってある。おずおずとノックをしたが、何の反応もなかった。

今ならまだ引き返せる。

今ならまだ。

そう思うものの、忠の手は鍵を鍵穴に差し込んでいた。

カチャン、と鍵の外れる音が響いて、忠の喉仏は大きく上下する。

『これは犯罪だ、もしも見つかったら……』

『構うもんか、その時はその時のことだ』

相反するふたつの台詞が拮抗するものの、忠は冷たいドアノブを汗ばんだ手でぎゅっと握った。がちゃ、と鈍い音がして、ドアに隙間が空いた。そっと覗いてみるが、ひとの気配はしない。忠は身幅分だけドアを開き、内側に身体を滑り込ませる。

入るなり、淀んだ臭いが鼻の奥に忍び込んできた。流し台の排水口から上がってくるそれを、忠は、ああ、この部屋の臭いだ、とひどく懐かしく思う。

板張りの、形だけの台所には小型冷蔵庫。そこから続く、ひと間の和室。正面の窓には、白いレースのカーテンが引かれていた。

日に焼けて変色した畳には食器棚と、重ねたカラーボックスがふたつ。それに小さな座卓がひとつ。座卓には、写真立てと携帯ラジオが載せられている。家財道具の少なさからすれば、仮住まいなのだろうか。コップに挿した一輪の紫陽花が、部屋の寒々しさを緩和していた。

忠は立ったまま、写真立てに目をやった。

二十代の男女が肩を寄せ合い、こちらに笑顔を向けている。お揃いのレイを首にかけているところを見れば、新婚旅行先のワンショットかも知れない。

眼鏡をかけたポロシャツ姿の男は、理知的で端整な顔立ちをしている。真っ直ぐな長い黒髪の女は、見るからに育ちの良さそうな、おっとりとした風貌だった。倹しい住まいには似つかわしくないが、この二人が、ここに暮らしているのだろうか。

いや、違う。

流しに置かれたコップには、ピンク色の柄の歯ブラシがひとつきりだ。おそらくは女性のひとり暮らしなのだろう。写真の夫婦の妻の方か、あるいはどちらかの母親の住まいなのかも知れない。

「チー、チッチ、チーチチチ」

威嚇《いかく》する小鳥の鳴き声を聞いて、忠は驚いて視線を廻らした。部屋の隅に鳥籠が置かれている。大判のハンカチを掛けられていたため、気付かなかったのだ。

忠は鳥籠の前に座ると、そっとハンカチを捲った。

「チチッ、チーチチ」

黄緑から黄のグラデーションの美しい小鳥が、柵に足をかけて闖入《ちんにゅう》者を威嚇しにかかっていた。

インコ、だろうか。

田舎育ちのため野鳥には馴染みがあるが、小鳥など飼ったことはない。その鳥の種類が正確にはわからず、忠は首を捻った。

かつて住んでいた頃、ここは原則、ペット禁止だったはずだ。それでも隠れて猫を飼っている年寄りはいたし、家主もさほど目くじらを立てなかった記憶がある。

「ごめんよ、でも何も悪さはしない。約束する」

威嚇を続ける小鳥に忠は囁き、鳥籠に元通りハンカチを掛けた。

カタターン、カタターン、カタターン
徐々に近付いてくる音に、忠は顔を上げた。

ゴゴゴゴー
軽やかな音は爆音に変わって、窓ガラスが細かく振動し、天井の照明が小さくゆらゆらと揺れる。手を伸ばし、レースのカーテンを僅かに開いて窓の外を覗けば、丁度、電車が通過したところだった。

ああ、と忠は思わず声を洩らした。

あの頃と少しも変わらない、電車が通る度に部屋が揺れるところも。

ガラス越しに、淡い雨のベールが狭苦しい街を覆うのが見えた。時計の針が逆に回って、何の陰りも抱いていなかった当時に戻る。不法侵入者だという事実を忘れ、忠は窓にもたれて、じっと耳を澄ませる。弱い雨はサーサーと濁らない音で降り続けていた。

昔と同じだ、雨の音が聴こえる。

胸のうちで呟いて、忠はそっと瞳を閉じた。

外回りに出る、平日の午後に限ること。

午後三時半から四時半の間の、五分間程度の滞在に留めること。

鳥籠を除いて、室内の物には一切、手を触れないこと。

あの日以降、忠はそんなルールを作って、時折勝手にあの部屋を訪れるようになっていた。

共栄荘に今、どんな住人がいるのかは知らない。けれども入口脇の郵便受けの状態から見て、勤め人と学生が多いように思われた。午後のその時間帯なら、住人と顔を合わせる可能性も少ない。電気メーターの動きを見て不在を確認することも覚えたし、幸いなことに今のところ、二〇五号室の主と鉢合わせにならずに済んでいた。

共栄荘の傍の路地には自動販売機が設置されており、忠はいつもそこで缶コーヒーを一本、購入する。冷たい缶を手に、まるで友人の家を尋ねるような足取りで共栄荘に向かうのだ。

長引く梅雨のその日も、忠の姿はその室内にあった。

「こらこら、ダメだろ」

鳥籠の隙間から差し込んだ指をインコにかじられて、忠は笑う。

「不法侵入者にそんなに懐いたら不味いぞ」

ペットショップを回って尋ね、部屋の小鳥はセキセイインコだと判明した。度々部屋を訪れ、一時とはいえ鳥籠からハンカチを取り払ってくれる男に、インコも懐き始めていた。

「いつも通り、これを飲み終わるまで、ここにいさせてもらうよ」

インコに缶コーヒーを示すと、忠は窓際に座ってプルタブを開ける。そうして雨の音を聴きながら、ゆっくり、ゆっくりと惜しみつつコーヒーを口にした。

――お前の口車にさえ乗らなければ

――わしらの老後の蓄えはどうなる

バブル崩壊の直後、顧客たちから取り囲まれて、責め苛《さいな》まれた日々のことは、ふとした拍子に蘇る。

三年ほど経ってはいても、あの衝撃と直後の激動の日々は胸を去らない。苦い胃液が込み上げて、忠は胃のあたりを押さえた。

その時だった。

「ダイジョーブ」

甲高い声が聞こえて、忠はハッと顔を上げた。

「ダイジョーブ、ダイジョーブダヨ」

見れば、籠の中で羽をばたばたさせて、インコが喋っているのだ。

忠は胸を突かれ、暫く黙ってインコを見つめていた。

窓の外の雨脚は強くなり、ザーザーという音を背景に、インコはダイジョーブ、ダイジョーブ、と愉しげに繰り返す。

「――そうか、大丈夫、か」

ふいに胸が詰まって、忠は缶コーヒーを置くと、抱えた両膝に顔を埋めた。

窓の外、手すりに干された真っ白なソックスが雨の中で心細そうに揺れていた。


外に出てみれば、常はしとしとと優しいはずの梅雨の雨が、風にあおられて頭上で渦を巻いていた。忠は傘を少し傾けて、濡れないように歩き出した。

雨のためにアスファルトは乾くことを知らない。歪《いびっ》な水溜りを避けながら、自身の気持ちが満たされているのを、忠は感じた。

あの部屋でほんの僅かな時を過ごしただけだというのに、ほかでは得られない大きな安らぎを与えられた思いがする。

駅前の交差点で信号待ちをする間も、忠はあの至福の時間を反芻《はんすう》していた。鼻から息を吸い込めば、雨の匂いがあの部屋の淀んだ臭いを思い起こさせた。

「変わりましたよ」

背後から咎める声が聞こえた。

信号はとうに青に変わり、皆が一方向に歩き始めていた。忠は慌てて、前へと足を踏み出した。

誰もが斜めからの雨を避けるため、傘を傾けていた。横断歩道を向こうから歩いて来るひととぶつからないように、自然と足もとを見て歩く。

カラフルなレインシューズ、水を含んでずくずくになったスニーカー、撥水加工を施した革靴、等々、色々な足もとが目に入る。

「あっ」

忠は小さく呟いた。

白色の運動靴に、白い木綿のソックス。一昔前の中学生のような足もとを、歩行者の群れの中に見つけたのだ。慌てて傘を上げて相手を確かめるものの、向こうも傘を斜めに差しているので顔はわからない。

擦れ違う瞬間、微かに揚げ物の匂いがした。

振り返れば、そのひとの後ろ姿が目に入る。長い髪を襟足でシニヨンにまとめた女性だ。洗いざらしの白いTシャツを着た背中はとても華奢《きゃしゃ》だった。

立ち止ってその背を見送る忠に、左折しようとする車が派手にクラクションを浴びせた。

「最後は寺田《てらだ》設計事務所だったな」

「ああ、あそこの狸親父、今日はどんな難癖をつけることやら」

終日、同僚と顧客回りをして、最後の一軒になっていた。

久々の梅雨の晴れ間で、少し歩いただけで全身から汗が噴き出す。ふたりとも上着を手に持ち、ハンカチで汗を拭って地下鉄の駅を目指した。

その日の業務がもうすぐ終わる、という気安さが同僚の口を滑らかにしたのだろう。よもやま話のついでに、

「この前、昔の顧客に町なかで摑まって、土下座させられてるところを、運悪く女房とチビに見られちまってね。みっともない、と女房に泣かれたよ」

と、忠に打ち明けた。

「みっともない、か。しんどいな」

忠が眉根を寄せて言えば、同僚も、ああ、しんどい、と深々と頷いてみせる。

「それでも俺はこの仕事を続けていたい。今辞めたら、『人生を狂わせた』と罵《ののし》られるだけで終わってしまうからな」

この世に株式会社が存在する限り、株式の売買に携わる証券会社は必要不可欠なのだ。その信念があればこそ、多くの社員が今の会社に留まっている。同僚の言葉に忠は自身の思いを重ねた。

ハンカチをポケットにおさめて、同僚はさり気なく口調を違《たが》える。

「天気予報じゃあ、夕方からまた雨らしい。嫌なことは早めに片付けようぜ」

「そうだな」

柔らかに応える忠のことを、同僚は眩しそうに眺めた。

「江口、お前最近、何となく表情が穏やかになったなぁ」

何か良いことでもあったんだな、と言われて、忠はふいに立ち止った。

同僚はしかし、それ以上は何も問わずに、ただ振り向きざま、ぽんぽん、と忠の肩を叩いただけだった。


ゴトン、と大きな音がして、自動販売機の受け取り口に缶コーヒーが一本、落ちてきた。手を差し入れて、冷えた缶を摑むと、狭い口から引っ張り出す。

共栄荘の二階を仰ぎ見れば、二〇五号室の窓の手すりには、いつも通り、真っ白なソックスが干してあった。しみひとつ残っていない、純白のソックスが風に揺れている。

倹しい暮らし向き。

掃除好きで、きれい好き。

多分、そんなに若い女ではない。

大丈夫、としか言わないインコがいて……。

『君は一体、どんな孤独を抱えて生きているのか』

胸のうちで部屋の主に呼びかけると、忠は共栄荘の入口へと向かった。

ピピピ、チチ

セキセイインコは鳥籠の隙間から差し込まれた指に、両の足をかけて嘴《くちばし》を擦りつけている。

「おい、お前の飼い主はどんなひとだ？」

顔を寄せて、忠は小鳥に問いかけた。

「あの写真の女性なのか？」

座卓の写真立てを目で示したが、インコは知らん顔で忠の人差し指と遊んでいる。

仕方なくインコに指を貸したまま、忠は座卓の方をぼんやりと眺めた。ふと、そこに一冊の便箋が置かれているのに気付いた。間にペンが挟んである。誰かに便りを書いている途中なのだろうか。

忠は好奇心を抑えきれず、鳥籠から慎重に指を引き抜いて、座卓へと身を捩じらせた。手を伸ばして、そっとペンの挟まれたページを開く。思った通り、書きかけの手紙だった。

それは別居中の夫に宛てたもので、元気に過ごしていることと、商店街の弁当屋でのパートタイムの日常を慎み深く綴るところから始まっていた。夫から贈られた小鳥に、随分と慰められていることも記されていた。濃紺の水性ジェルインクで認められた文字は美しく丁寧で、読み手に込めた想いが伝わってくる。だが、便箋を捲るうちに、筆の乱れが目に付いた。溢れだす想いに手が追いつかないのか、紙の上で文字がよじれている。

いけない、と思いながら、忠は誘惑に負けて読み進めていく。か細く震える筆跡で記されていたのは、こんな文章だった。

この季節になると、思い出す情景があります。断酒に失敗して路上で泥酔していた私、肩を落とし傘を差しかけるあなた。

もう飲まない、絶対に飲まない。そう繰り返しては裏切り続けた日々。今、漸くアルコールを口にしない日常を生きてさえ、抗酒剤を手放せずにいます。ただ、以前と違うのは手紙は次のページへと続いている。

好奇心に負けて便箋を手にしたものの、そこに綴られた内容の重さに打ちのめされる。部屋に紫陽花を飾り、インコを友とする女性が、これほどの闇を抱え込んでいたとは。

忠は暫く天井を仰ぎ、気持ちを整えてから、最後のページを開いた。ゆっくりと読み終えた時、思いがけず双眸から涙が溢れた。

かつて忠が夢を育んだのと同じ部屋で、この手紙の主は自身が傷つけた夫への贖罪《しょくざい》の念を胸に、孤独に耐えて生きている。弱さを自覚しつつ、それでも前を向いて必死で生きようとしている。何という違いだろうか。

忠は声を殺して泣いた。

何もかもを時代のせいにして、自らを憐れみ、失った日々を思い返すためだけにこの部屋を訪れていた自分と、何という違いか。

インコは何も喋らず、巣に止まったまま、忠を見て小首を傾げている。

忠は溢れ出る涙をシャツの袖で拭い、一刻も早くこの部屋を出なければ、と思った。ここに居る資格が自分にはない、と。便箋をもとに戻し、鳥籠にハンカチを被せると、忠は空き缶を片手に逃げるように共栄荘を抜け出したのだった。

駅前の商店街には、何処からか、「空と君のあいだに」という流行歌が結構な音量で流れていた。買い物客で賑わうその一角に、持ち帰り専門の弁当屋がある。看板には「おふくろ亭」と書かれている。店名は、彼女の手紙の文中にあったものと同一だった。

道を挟んで、忠はその店をじっと眺める。

店頭では、三角巾に割烹着《かっぽうぎ》姿の女性がひとり、接客をしている。頬が削げて幾分老けてみえるが、恐らくは三十を二つ、三つ出たあたりだろうか。あの部屋の写真立てにあった女性と、その面差しが重なる。

「あ」

忠は髪に雨粒を感じて、天を仰いだ。天気予報通り、空が泣きだしたのだ。

客に弁当を手渡したあと、彼女も雨に気付いたらしく、慌てて表に出てきた。白いソックスに運動靴の足もとを見て、ああ、やはり、と忠は唇を引き結ぶ。

「三島《みしま》屋さん、雨！　雨が降ってきましたよ」

ワゴンを外に出している、隣りの古本屋に彼女は声をかける。奥の方から店主らしき老人がおろおろと出てきて、百円均一の古本の詰まったワゴンに手を掛けた。さり気なく、彼女も手を貸してワゴンを軒下へと避難させている。そんな彼女の姿に、部屋で読んだ手紙の最後の文章が重なる。忠の胸を撃ち抜いたあの言葉が。

明日は飲んでしまうかも知れない。けれど今日は飲まない。そんな「今日」を積み重ねて行こうと思うのです。みっともなくても、それが私なのです。

忠は堪らなくなって、その場を離れた。慈雨を一身に受け、振り返ることもせずに商店街をあとにする。

忠は叫びたかった。

大声でこう叫びたかった。

みっともなくて何が悪い。

生身の人間がみっともなく生きることの何が悪い、と。

小雨の中、込み上げる感情を宥めるため、電車には乗らずに、知らない道を歩きに歩いて多摩川に出た。幅広の川を跨いで架けられたコンクリート製の橋には、大型車が多く行き交い、ほかに人の姿はなかった。

橋の中ほどに立ち、視線を転じれば、淡い雨脚越し、橋と並行に走る私鉄電車の鉄橋が見えた。

その鉄橋に、白い車体の電車がさしかかる。距離があるせいか、共栄荘で聞いていたような轟音が耳に届くことはない。

タターン、タターン
タターン、タターン
心地よいリズムを刻みながら、電車は長い鉄橋を渡って行く。

握り締めていた掌を、忠はそっと開いた。件の部屋の鍵があった。昔暮らした部屋で、束の間、遠い日々を思い返させてもらえた。だが、もう充分だ。

みっともなくても、生きる。あのひとも、俺も。

体温でぬるくなった鍵に暫し目を落とすと、忠は再度それを握り直す。

そうして、渾身の力を込め、走り過ぎる電車に向かって鍵を投げた。

無数の細い銀糸の幕の中、鍵は天空で微かに光ったあと、ゆっくりと落ちていく。

あなたへの伝言

虫が這っている。

短毛に覆われた無数の毒虫が、みゆきの背中や二の腕、首の後ろ、胸や腹、果ては長い髪の中まで、這い回っている。

みゆきは虫から逃れようと、懸命に両の掌で身体を払う。床に落ちた虫は、しかし諦めずにみゆきの足を目指す。

「夏彦《なつひこ》、虫が、虫が」

リビングの椅子を床めがけて振り下ろそうとして、みゆきは夏彦に背後から羽交い締めにされる。

「落ち着きなさい、みゆき。虫なんて何処にも居ない、みんなアルコールが見せる幻覚なんだ」

大声で告げられた夫の言い分を、しかしみゆきは受け容れない。否、受け容れられない。

「嘘よ、だって、ここを見て。ほらここにも」

みゆきは夫に腕や顎の下を指し示す。

「身体中を這い回っているじゃない」

いや。

いやだ。


「いやあああ」

ハッ、とみゆきは自身の悲鳴で目覚めた。

半身を起こしたまま周囲を見回せば、レースのカーテン越しに朝の光が部屋一杯に射し込んでいる。

あまり物がない上に、きちんと整理された寒々しい部屋。座卓には写真立てが置かれている。収められているのは、新婚旅行先のハワイで写した、夏彦とみゆきのツーショットだった。

「――ああ」

みゆきは呻き声を洩らした。

幾度、同じ夢を見れば、赦《ゆる》されるのだろう。夏彦と暮らした家を去り、やっと半年。この半年の間、どれほどあの夢を見たことだろうか。

気付けば総身に汗をかいている。みゆきは額に浮き出た汗を手の甲で拭って、のろのろと布団を離れた。

また、ひとりの一日が始まる。

溜息が洩れそうになるのを封じて、みゆきは流しに立った。古い造りなので、部屋に洗面台はない。水で顔を洗い、こざっぱりしたところで、鳥籠にかけたハンカチを取る。

「お早う、ピーちゃん」

黄緑の美しいセキセイインコは、飼い主の呼びかけに応えて、ピピピ、と優しい声で鳴いた。

ラジオをつけて、いつものパーソナリティの声を部屋に流しつつ、鳥籠の中を清掃し、水と餌を取り換える。その間、籠を出された小鳥は楽しげに部屋を飛び回るのだ。

鳴き声から「ピーちゃん」と名付けられたインコは、カーテンレールに止まったり、天井の電灯の笠で羽を休めたりして、最後はみゆきの肩にちょんと乗る。

足でTシャツをぎゅっと摑み、みゆきの首に自分の身体を柔らかく押し付けて、

「ダイジョーブ、ダイジョーブ」

と、可愛らしい声で繰り返した。

みゆきはそっと人差し指を差し出して、セキセイインコをそこに止まらせると、ピーちゃん、と呼びかける。

「そうね、ピーちゃん、今日もきっと大丈夫」

優しくキスをして、そっと鳥籠にインコを戻すと、みゆきは時計を見る。

「そろそろだわ」

呟いて、脇に置いた洗面器に手を伸ばした。

昨夜のうちに手洗いして、固く絞っておいた木綿のソックスが入っている。それをパンパンと叩いて、洗濯ハンガーのピンチに挟むと、みゆきは窓を開けた。

見上げれば梅雨の合間の、珍しくすっきりと晴れた空が広がっている。

窓の外の手すりに、洗濯ハンガーを引っ掛けた時、カタターン、カタターンという音が近付いてきた。目を凝らせば、白い車体がこちらへ向かってくるのが見える。

四十五分発の新宿行き通勤快速――夏彦がいつも乗るはずの電車だ。

みゆきは洗濯ハンガーが固定されているのを確認すると、素早く身を引いて窓を閉ざした。覗かれる心配もないのだが、つい、窓枠の陰に隠れて、外を窺う。

眼下、ゴゴゴゴーッという轟音を立てて、電車が通過した。

その瞬間、みゆきは息を詰めて、胸の奥でそっと夏彦に語りかけるのだ。

夏彦さん、見える？

昨日も一日、私、大丈夫だったのよ。


大型スーパーの出店で元気を失う商店街が多い中、ここの駅前商店街は利用客も多く、まだ活気がある。新宿に比較的近いわりに下町に似た雰囲気があり、学生が多く住んでいるせいかも知れない。

その商店街の中ほどに、みゆきの勤める弁当屋「おふくろ亭」はある。店主はもとは肉屋だったが、名物のコロッケで弁当屋に鞍替《くらが》えし、「揚げたてほかほか」を売りに店を繁盛させていた。

調理担当の店主夫婦は七十代だが働き者で、終日、調理場に立ち詰めだった。ふたりとも無口で、みゆきに対してもあまり立ち入ったことを聞かない。顔馴染み客が多いので、接客の苦労も殆どなく、また、弁当屋には珍しく、調味料に酒を使うことがないのも、みゆきにとっては何よりだった。

「唐揚げ弁当とミックスフライ弁当のお客様、お待たせしました」

ランチタイムのピークを過ぎ、時間をずらして弁当を求めに来た大学生に、持ち重りのする袋を渡す。

「ありがとうございました。あら……」

客を見送って外に目を向けると、通りから笑顔で手を振る中年女性がいた。紫陽花柄のブラウスをすっきりと着こなした、聡明そうなひとだ。

「真紀《まき》さん」

みゆきは女性を認めて、声を弾ませる。

真紀は調理場の店主夫婦に軽く会釈をして、

「そろそろ休憩時間かな、と思って」

と、小声で話しかけた。

店の時計は、午後二時になろうとしている。

「露野さん、お昼にして良いよ」

真紀の声が聞こえたからか、店主はジャガイモを潰す手を止めずに言った。

「済みません、じゃあ三十分だけ失礼します」

みゆきは遠慮がちに応えると、割烹着の結び目に手をかけた。

「この近くに感じの良い店を見つけたの。お結び専門店なんだけど、テイクアウトだけじゃなくて、お店でも食べられるのよ」

そこの鮭のお結びが絶品でね、と真紀は軽やかに歩いていく。齢はみゆきよりも十ほど上だが、緩くパーマをあてた短めの髪と薄いメイクとで、三十そこそこに見えた。

みゆきが加藤《かとう》真紀と知り合ったのは、昨秋のこと。初めて参加した断酒の会で、重度のアルコール依存症を脱して三年を超えた、という真紀の体験談を、みゆきは心を震わせながら聞き入った。それまでは、苦しいのは自分ばかりだと思っていたが、症状の辛さや夫を巻き込んでしまった悔いなど、そのひとの口から洩れることがどれも我が身に重なった。立ち直るまでの心の軌跡はみゆきを勇気づけ、光ある未来を信じさせた。

真紀は真紀で、若い日の自分をみゆきに重ねたのか、以後ずっと、陰に陽にみゆきを気遣い、その心の支えになっている。そんな真紀の存在が、みゆきにとって真実、希望の灯なのだ。

「みゆきさん、あそこよ」

真紀の示す指の先、白木の匂いが漂ってきそうな真新しい一軒の店があった。

好きな種類のお結びを二つ選び、それに熱い味噌汁と小鉢と香の物がついて、五百円。手頃な値段が受けて、この時間になっても、店内はひとで埋まっている。

それでも真紀は目ざとく窓際のテーブル席を見つけて、先にさっと座るとみゆきを手招きした。

料理を待つ間、先に運ばれてきたお茶を啜りながら、互いの近況を話し合う。

「次の断酒の会を欠席？」

お茶を飲む手を止めて、みゆきは意外そうに真紀を見た。

「珍しいですね、真紀さんがお休みされるの」

「姪の結婚式でね。仙台に行くのよ」

真紀は仄かに頰を緩めて、続けた。

「夫婦揃って出席して、と姪から頼み込まれたの。小さい頃から可愛がっていた子だから」

みゆきは昨年、真紀の誕生日にその自宅に招かれたことがあった。随所にステンドグラスを取り入れた瀟洒な洋風の家に、夫婦と中学生の娘がひとり。自然な様子で労《いた》わり合う、真紀と夫の姿を思い返す。

「ご夫婦揃って……。そうですか」

応えながら、みゆきは、自分が寂しそうな表情になっていることに気付いていた。

「みゆきさん、ご主人とは？」

気懸かりを秘めた声色で真紀に問われて、みゆきは小さく首を振った。

「別居したまま、逢っていません。今はまだ、逢えません」

夏彦さんと一緒に居れば、つい甘えが出てしまう。夏彦さんも私を、つい甘やかしてしまう。その結果は……。

同じ過ちを繰り返したくない。

何もかもを駄目にしてしまいたくない。

どうあっても立ち直りたい、真紀さんのように。

口を噤んで、そんな思いを巡らしていた時、店員が、

「お待たせしました」

と、二つの膳を向い合わせに置いた。

握りたてなのだろう、お結びに巻かれた海苔はぴんと張って、仄かに磯の香がしている。南瓜《かぼちゃ》が具の味噌汁も微かに湯気が立っていた。

気持ちを切り替えて、みゆきは箸を取ると、

「美味しそう」

と、明るい声を上げた。

味噌汁を口に運び、笑顔を見せるみゆきに、真紀は暫くの間、温かな眼差しを向けていた。そして腕を伸ばすと、年下の友の手に優しく触れて、こう告げた。

「みゆきさん、あなたのその思い、その頑張りがご主人に伝われば良いのに」

真紀のひと言で、みゆきの視界は潤む。

湿りを帯びた瞳を、そうと悟られないように、みゆきは殊更、美味しそうにお結びを頬張った。


女子大を出て、二年ほど銀行に勤め、夏彦とお見合いして結婚を決めた。勤め先を寿《ことぶき》退社し、周囲の祝福を受けて、華燭《かしょく》の典《てん》を挙げた。古風な手順通りにみゆきは夏彦の妻となり、新婚旅行先のハワイで結ばれた。中学からずっと女子校だったこともあり、男性との交際経験も皆無に近い。みゆきにとって、夏彦は

あらゆる意味で初めてのひとだった。

内向的で口下手なみゆきのことを、夏彦は「社交的で饒舌なひとより、ずっと好ましい」と慈しみ、心から愛おしんだ。誰かに自分を晒けだして甘えたことのないみゆきにとって、夏彦だけが、何でも話せてしっかり受け止めてくれる相手だった。夏彦のために良き妻でいたい、と願い、みゆきはバランスの良い手料理を食卓に並べ、家の中を美しく整えることに腐心した。ふたりは鳥籠の中のつがいの小鳥のように仲睦まじく、新婚生活は常に幸福で溢れていた。

だが、商社の不動産部門で働く夏彦は、バブルの到来とともに仕事に忙殺されるようになった。朝食すら家で取らず、会社に泊まり込んで幾日も戻らない。たまに帰宅しても、寝室へ直行し、精も根も尽き果てたように眠りこける。二十四時間戦えますか――当時、流行っていたそんなコピーを地で行く暮らしぶりだったのだ。

幾度目かの結婚記念日の夜のこと。夏彦の好物を食卓に並べ、ワインを奮発し、花を飾って夫を待った。深夜まで待って、戻らない夫を諦め、ひとりワインの栓を抜いた。それまであまりアルコールを口にしたことがなかったが、随分と飲み易く感じる。

酔いが回ると、雲の絨毯《じゅうたん》の上を歩いている気分になり、夏彦との新婚当初の思い出が蘇った。胸の中の空虚が去り、夏彦に大切にされた記憶で満たされる。この一本のワインをきっかけに、みゆきは、夫から顧みられない寂しさをお酒で紛らわせることを覚えたのだ。

学生時代の友人なり、両親なりに、孤独を打ち明けることが出来ていたなら、また違っていたのかも知れない。けれど、これまでも夏彦以外の誰かに寄りかかった経験のないみゆきにとって、寂しさは自分で何とかするものだった。

夜、眠れないことを理由に、ウィスキー。汗をかいたから、ビール。焼酎に日本酒。やがて昼夜を問わない連続飲酒に至るまで、そう長くはかからなかった。気が付くとアルコールから抜け出せなくなっていた。

そして迎えた、バブル崩壊。

ぼろぼろに疲れ果て、漸く家に戻った夏彦の目に飛び込んできたのは、酒瓶を抱いたままキッチンの床で泥酔する妻の姿だった。埃の溜まったフローリングには、失禁で水溜りが出来ていた。

「何もかもを時代のせいにするつもりはないけれど……」

真紀は使い終わった割り箸を箸袋に戻しながら、店の窓から通りに目を向ける。証券会社の社名入りの封筒を抱えた背広姿の男性が、額の汗を拭いつつ、ガラスの向こうを歩いていた。転倒したのか、それとも誰かに殴られたのか、左の頬骨の辺りが黒く変色している。

真紀は空の器に視線を戻して、声を落とす。

「……バブルで人生が変わってしまったひとは沢山いるでしょうね」

「ええ、多分」

味噌汁の椀を膳に戻して、みゆきは小さく応えた。

食事を終えると店の前で真紀と別れて、おふくろ亭に戻り、閉店の八時まで働き通す。

「お先に失礼します」

奥の主夫婦に挨拶を済ませて、店を出る頃には、疲れて足が重くなっていた。

久々に雨の無い夜の町を、傘から解放された恋人たちが身を寄せ合って歩いている。

あんな風に夏彦と寄り添って歩く日が、再び戻ってくるのだろうか。

みゆきは込み上げてきた寂寥を喉の奥で堪え、足を止めて恋人たちを見送った。

共栄荘、二〇五号室のドアの前に立つと、中から微かにチチチ、と鳴く声が聞こえる。

「ピーちゃん」

眉を解いて、みゆきはドア越しに呼びかけ、鍵を鍵穴に差し込んだ。

誰もいない室内に、生き物の気配がするだけで、随分と慰められることを、みゆきはセキセイインコとの暮らしで初めて知った。

軋むドアを開けると、特有の淀んだ臭いが鼻を突く。どれほど風を通そうと、芳香剤を置こうと、この臭いだけは取れない。ただ、半年も暮らせば、部屋の匂いとして慣れてしまった。

「ただ今、ピーちゃん」

良い子にしてた？と話しかけて、みゆきは鳥籠から小鳥を出してやる。

初めはみゆきの人差し指にしがみついて、きょろきょろ周囲を見回していたインコだが、短く飛んでカーテンレールにちょんと止まる。

ピピピ、と嬉しそうに鳴く様子を確かめて、みゆきは服を着替え、流しに洗面器を置いた。脱いだソックスを水で下洗いをしたあと、洗剤を湯に溶かして、丁寧に手洗いし始める。

白いソックスは汚れがつくとすぐに目立つから、ブラシを使って丁寧に丁寧に、しみ一つ残さないように洗う。おふくろ亭で働き始めた頃からの大事な習慣だった。一日の終わりに、無心にこの作業をすることで、気弱になる自身を立て直すことが出来ているように思うのだ。

今、夏彦さんと私とを結んでいてくれるのは、このソックスだけだから。

心のうちで呟くと、ブラシを放してソックスにじっくりと目を凝らす。汚れが残っていないことを確かめてから、丁寧に濯《すす》いでぎゅっと絞った。叩いて皺を伸ばし、形を整えて空の洗面器にそっと置く。

そして、タオルで手の水気を拭うと、毎夜そうするように、壁に押しピンで留めた葉書に指で触れた。

絵葉書の裏面、上段には共栄荘の住所とみゆきの名前が、そして下段には、夏彦からのメッセージが記されている。みゆきの大好きな、少し右肩あがりの几《き》帳面《ちょうめん》な筆跡で。

露野みゆき様

電車の窓から、みゆきの暮らす部屋の窓を
いつも見上げています。靴下の白さが心に
沁みます。

夏彦

夏彦の手の温もりを探るように、みゆきは葉書の文字を愛撫する。
もう飲まない、二度と飲まない、と繰り返して、夏彦を裏切り続けた日々。約束を反故《ほご》にする形でみゆきは夏彦に甘え、夏彦もついそれを許し、みゆきを甘やかせる。決して事態をよくするわけではないのに、互いに寄りかかり合う関係が何時しか出来上がってしまっていた。

みゆきのアルコール依存症が判明した時、夏彦の両親は激怒して離婚を迫り、みゆきの両親は平身低頭して実家へ戻すことを申し出た。しかし夏彦は、両家と半ば縁を切る形で、その両方を断り、みゆきとの再生を選んでくれた。

二人で生き直すため、専門医から指摘された共依存の関係を解消するべく、別居を決めた。その際、夫は妻に一羽の美しいセキセイインコを贈った。再び酒に手を出せば、インコの世話は出来なくなり、その命を奪うことになる。決してそうならないように、という夏彦の想いを託した鳥籠を手に、みゆきは家を出た。

三十を過ぎての初めての独り暮らし、最初の頃は心細さゆえに、抗酒剤を掌に握り締めて眠ったこともあった。だが、インコの世話をし、弁当屋で働き、毎日を規則正しく送ることで少しずつ、薄紙を剝ぐように不安は薄らいでいく。そんな時に届いた夏彦からの葉書で、彼がみゆきのことをいつも気にかけているのを知った。

もう、あと戻りしない。

真紀さんのように再び生き直すためにも、決してあと戻りしない――そんな決意を込めて、毎夜ソックスを洗い、翌朝それを干す。

「ピピピ、チチチ」

六畳ひと間の周遊を終えたピーちゃんが、みゆきの肩に止まって囀《さえず》っている。

それで我に返り、みゆきは葉書に置いていた手を、そっと肩の小鳥に移した。

真紀と会った、その一週間後のことだ。

そろそろ今日の営業も終わり、という頃になって、おふくろ亭の電話が鳴った。

店主が出て、二言、三言、話したあと、受話器を耳から外してみゆきを呼んだ。

「露野さん、あんたに電話だよ」

共栄荘の部屋には電話を引いておらず、断酒の会などの連絡先をおふくろ亭にしているのだが、これまで誰もかけてきたことはない。店主に、済みません、と詫びてから受話器を受け取る。胸騒ぎがした。

「お電話かわりました。露野です」

みゆきの言葉を受けて、受話器の奥の掠れた声は、加藤という姓を名乗った。どの加藤かわからず、みゆきは戸惑って口籠る。

「加藤真紀の夫です」

途端、真紀の誕生祝いの席での、夫妻の笑顔がぱっと脳裡に映った。

その穏やかな風貌を思い出して、みゆきは、ああ、と声を弾ませる。ご無沙汰しています、とのみゆきの挨拶を、しかし、真紀の夫は途中で遮り、押し殺した声で続けた。

「妻が再飲酒しました」

息をするのも忘れて、みゆきは受話器を握ったまま身を硬直させる。

真紀さんが再飲酒。

その事実がみゆきを打ちのめし、通話が切れたあとも受話器を戻すことが出来ない。店主の老妻が見かねて、みゆきの指を一本一本、受話器から引き離して、何とか受話器を置かせた。

真新しい建売の並ぶ住宅街を、みゆきは息を切らせながら駆けていた。

真紀さんが再飲酒だなんて、そんなこと、嘘よ。絶対に嘘。

胸のうちで繰り返して、街路灯で明るく照らされた道を急ぐ。目の前に見覚えのある二階建ての家が見えた。

「加藤さん、露野です」

インターフォンを鳴らし、震える声で呼びかけると、少し経って玄関扉が中から僅かに押し開けられた。

玄関から洩れる明かりに照らされた男の顔は、一気に老いたようで、以前を知るみゆきからすればまるで別人だった。

奥の方から、すすり泣く声が洩れている。真紀の声ではない。中学生の娘だろうか。

男は黙ったまま扉を広く開け、青ざめて震えているみゆきに、入って、と言う風に眼差しで廊下の奥を示した。

一歩、家の中に足を踏み入れた途端、異様な臭いが鼻を突いた。アルコールと吐瀉《しゃ》物の混じった臭いは、みゆきにも充分に覚えのある異臭だった。

突き当りの十畳ほどの部屋はリビングのはずだ。昨年、この家に招かれた時、そこで真紀の手料理をご馳走になった。クロス張りの壁には人気版画家のリトグラフが飾られ、手入れの行き届いたライトブラウンの革張りのソファが部屋の真ん中に置かれていた。幸せな家族が集うのにふさわしい居心地の良いリビングを、みゆきは思い返す。

先に立って歩いていた男は、ステンドグラスのはまった重いドアをスライドさせた。

「中へ」

促されて入室すると、みゆきは息を呑んだ。

クロスの壁は裂かれ、リトグラフの額は割られて残骸が床に散る。クッションは吐瀉物にまみれ、横倒しにされたソファに載っている。足の踏み場もないほど物が散乱したフローリングの床。部屋の隅に、セーラー服姿の少女が鞄を胸に抱いて蹲《うずくま》り、泣きじゃくっていた。

ごうごう、と地響きを思わせる音が聞こえて、みゆきは息を詰めたまま音源を探る。ソファの陰からひとの素足が覗いていた。ごうごう、という音は途切れたかと思えば、すぐにまた続いて、酔い潰れた真紀の鼾《いびき》、と察せられた。

みゆきは声もなく、棒立ちになったまま身じろぎひとつ出来ない。

紫陽花柄のブラウスの似合う、笑顔の美しいひと。別れ際、手を振っていた真紀の姿が蘇る。ほんの一週間前には、再飲酒の片鱗《へんりん》さえ窺えなかったのに。

「つい油断して、姪の披露宴で勧められるまま酒に口をつけて……忽《たちま》ちこのザマです」

夫が席を離れたほんの一時のことだった。真紀のアルコール依存症の過去を知らない出席者から、善意で幾度もシャンパンを勧められて、断りきれなかったのだろう。真紀はグラスに口をつけた。その場ではひと口で済んだものの、封印が解かれ、あとは石が坂道を転がるに似て、歯止めが利かなくなったという。

倒されたソファに両の手をかけて、真紀の夫は声を絞り出す。

「情けない、本当に情けない」

両眼から涙が噴き、耐えきれず男は片手で顔を覆った。指の隙間から、うっうっ、と嗚咽が洩れる。

動かされたソファの後ろに、真紀の姿が見えた。こちらに向けられた顔は浮腫《むく》んだけ浮腫み、青黒く見えて、みゆきの知る真紀の面影は皆無だった。

露野さん、と男がみゆきを呼ぶ。

「しっかり見ておきなさい。アルコールが本人や家族をどれほど痛めつけるか。そして、お願いだ」

真紀の夫は、激情に耐え、握り締めた拳を小刻みに震わせる。

「頼むから、もうこんな思いをあなたの家族にはさせないでくれ」

真紀の家族にどんな言葉をかけ、どうやって立ち去ったのか、みゆきの記憶は朧《おぼろ》だった。

気付くと線路脇の裏通りを歩いていた。

いつの間に降りだしたのか、梅雨らしい弱い雨が傘を持たないみゆきの髪を、肩を濡らしている。

濡れた頬を手の甲で払い、見上げれば雨の幕の奥に共栄荘の隣室の明かりが見えた。

帰ろう、自分の部屋へ。

帰ろう、ピーちゃんの待つ部屋へ。

みゆきはそれだけを思い、両の腕で自身を抱いて、足取り重く歩き続けた。


「ピピピ、チーチチチ」

漸く籠から出されたのがよほど嬉しいのだろう、小鳥は先ほどから小型冷蔵庫の上に止まって、機嫌よく囀り続けている。

放心して畳に座り込んでいたみゆきは、その声で我に返った。悪寒《おかん》がして身を震わせ、初めて服が雨に濡れたままなのに気付く。のろのろと起き上がり、何とか着替えたものの、あとはもう何をする気力も失せていた。

みゆきの眼から見た真紀は、「決してお酒には戻らない」という強い意志を持ったひとだった。たとえアルコールに溺れてもきっとやり直せる、という手本を見せてくれた人生の先輩だった。みゆきにとっては、真紀の存在こそが、そう遠くない未来の希望の灯そのものだった。

破壊され尽くした室内、泣いている家族、醜く変貌した本人。網膜に、先ほど見た情景が焼き付いて離れない。みゆきよりも遥かに芯が強い真紀でさえ、ああなってしまったのだ。これから一体誰を目標に、誰を心の支えに生きて行けば良いのか。

　もう駄目だ。

　みゆきは頭を抱え込んで蹲った。

　どれほどそうしていただろう。明かりを落とした薄暗い部屋に、柔らかな雨音が途切れることなく続いている。

　瞼の奥に、雨の中、酔い潰れたみゆきに傘を差しかける夏彦の姿が浮かんだ。傍らの、雨に打たれた紫陽花の青が目に沁みる。

　真紀の再飲酒が、あの頃の記憶を呼び覚まし、みゆきは身を震わせた。

　もとより心の弱い自分なのだ、再飲酒して、また夏彦にあんな思いをさせるとしたら……。

「ピピピ、チーチチ」

　インコの優しい囀りが、みゆきの悪夢を破った。

　窓から入る街路灯の明かりが、冷蔵庫の上の小さな生き物を薄く照らしている。小鳥は囀りながら、みゆきを見て不思議そうに小首を傾げた。

　私は本当に駄目なのだろうか。

　夫から贈られた小鳥から眼を逸らさずに、みゆきは自問する。

わからない、と弱々しく心の声が答えた。自分でもその弱さが嫌になる。

それでも、とみゆきは嗚咽を堪えて、両の指を強く組んだ。

こんなに情けなく、みっともない私だけれど、諦めたくない。

そう、私は諦めたくない。

みゆきはゆっくりと立ち上がり、部屋の照明を点した。

倹しい暮らし向きの部屋を暖色の明かりが映しだす。服を着替えた時、いつもの習慣で無意識のうちに洗面器に汚れたソックスを入れていた。それに目を留めて、みゆきは流しに向かう。

洗面器の湯に洗剤を溶いて、ソックスを洗う。無心に洗うつもりが、思い出すのは真紀のことばかりだった。

ブラシを持つ手が震えて、思うように動かせない。

――頼むから、もうこんな思いをあなたの家族にはさせないでくれ
真紀の夫の言葉を反芻した途端、嗚咽が込み上げて、どうにも抑えられなくなる。

「うっうっ、ううううっ」

ブラシを握り締めたままの手で瞼を押さえて、みゆきは声を殺して泣いた。泣

き続けた。

主の異変に気付いたのか、セキセイインコは冷蔵庫の上で身を躍らせている。両の爪が天板にあたり、カシャカシャと乾いた音を立てていた。

「チチチッ、ダイジョーブ、ダイジョーブ」

インコは繰り返し、パッと短く飛ぶと、みゆきのTシャツの肩に止まった。

「ダイジョーブ」

飼い主の怯えを感じ取ったのか、小鳥はその身をみゆきの首筋に優しく押し付ける。そうして再度、告げた。

「ダイジョーブダヨ」

うん、とみゆきは微かに頷いた。

小鳥は飼い主の肩に止まったまま、その首筋に柔らかな身体を預けている。

「うん」

みゆきは声に出して応え、ブラシを放すと、手の甲で溢れ出た涙を拭った。

昨夜来、降り続いた雨は未明に止み、朝になれば雲の切れ間から青い空が覗いていた。

みゆきはいつも通り、真っ白に洗い上げておいたソックスをピンチに挟むと、洗濯ハンガーを窓の外の手すりに固定した。暫く、眼下の線路を眺めていたが、夏彦の乗る通勤快速が通過する少し前に、さっと窓を閉めて身を隠した。

窓枠に背中を押しつけたまま、みゆきは空想する。

通勤客で立錐の余地もない車内、夏彦が周囲に詫びながら、乗客を掻き分けて、ドアのガラスのところまで何とかして辿り着く。電車が共栄荘に近づくと、不安そうな眼差しで二階端の部屋を注視する。その窓の手すりに真っ白なソックスが干してあるのを認めて、夏彦の両の瞳が仄かに和らぐ。

みゆきは、壁に留めた絵葉書にそっと目を向けた。あの文面から、夏彦のそんな様子を思い描くことが出来た。

ゴゴゴゴーッ、と共栄荘の古い建物を揺らして、通勤快速が通過していく。

夏彦さん、見える？

私、昨日も一日、大丈夫だったのよ。

電車の窓ガラスに額を押し付け、こちらを見上げているであろう夏彦に、みゆきは心の中でそう語りかける。

電車はあっという間に遠ざかり、部屋の揺れも収まった。みゆきは窓を細めに開けると、密やかに車体を見送る。

もしかしたら、真紀さんのように、明日は飲んでしまうかも知れない。でも、今日は決して飲まない。

そんな「今日」を積み重ねて、いつか、あなたとの人生を取り戻したい。

みゆきの独白に応じるように、遠ざかる通勤快速は、カタターン、カタターン、という柔らかな音を二〇五号室の窓辺に届けた。

晩夏光

昨夜から昼過ぎまで続いた雨はすっかり上がり、きつい陽射しが戻った。日暮れ近くになっても暑さは去らず、最寄駅から小磯《こいそ》家の前を通って帰宅する会社員たちも、銘々《めいめい》、上着を脱ぎ、ハンカチで額の汗を押さえて帰路を急いでいる。

「本当にねえ、こう暑くては堪らないわ」

フェンス越しに通行人を見送って、なつ乃《の》は独り言を洩らした。

この家に嫁《か》して五十年、昔は何かと付き合いのあったご近所だけれど、今はどの家も代替わりを終えて、挨拶を交わすひとも少なくなってしまった。けれど、親しく交わるひとが少なくなれば、世間話で作業を邪魔されることもない、と思い直して、なつ乃は額の汗を首に巻いたタオルで拭う。

十坪ほどの庭の軟らかな土一面に、昨日まで殆ど目立たなかった雑草が葉を伸ばし始めていた。雨のあとは必ずといって良いほど、こうなってしまう。このまま三日も放置すれば、忽ち庭中を占拠されてしまうのだ。なつ乃は痛む腰を庇いつつ身を屈め、雑草を引く。

ガーデニングなどと洒落た呼び名に馴染みは薄いけれど、庭で草花を育てることが、なつ乃のたったひとつの楽しみだった。

頑迷な中学教師だった夫との長い結婚生活の間に、一人息子を生み育て、痴呆になった姑を最期まで介護し看取り、二年前に夫を見送っての今がある。嫁としての立場で雁字搦《がんじがら》めになっていた頃も、気楽な独り暮らしとなった今も、物言わぬ草花にどれほど心を慰められていることだろうか。

約束を交わしたわけでもないのに、季節が廻れば花を開き、実を結ぶ。手を掛ければきちんと応えてくれるところも良い。

老朽化した家屋を気にして、息子の智男《ともお》は家を畳んで一緒に暮らすよう言ってくれているのだが、なつ乃はこの庭を離れる気にはなれなかった。

「少しは息が楽になったかしらね」

雑草に囲まれて息苦しそうだった薔薇《ばら》や雪ノ下に声をかけ、ふと、その奥の瑞々しい芽に気付く。まだ雑草が、と引き抜こうとした手を、なつ乃はふっと止めた。それがパンジーの新芽であることに気付いたからだった。

一体、何故、とひとしきり考えて、漸く思い出す。

「そうそう、この前ここにパンジーの種を蒔《ま》いたんだった」

イヤねぇ、となつ乃は誰に見られているわけでもないのに、密かに赤面した。古希、という年齢からすれば無理からぬことだろうけれど、最近、物忘れが多くなった。パンジーは大好きな花なのに、種を蒔いたことを失念していたなんて、と苦笑しながら、淡い新芽にそっと触れる。

「相変わらず精が出るね、母さん」

ふいにかけられた声にハッと顔を上げる。低い門扉に両肘を載せて、四十過ぎの中年男が笑顔でこちらを覗いていた。その人物を認めて、なつ乃は、まあ、と目を見張った。

一人息子の智男だったのだ。

舞茸《まいたけ》の天麩羅《てんぷら》。擂《す》り下ろしたヤマトイモを載せたとろろ蕎麦には、山葵《わさび》と自家製の麺つゆを添える。蓮根《れんこん》と鶏ミンチの挟み揚げ。芽ひじきと松の実の白和え。

週に一度の生協の宅配サービスがあったばかりなので、食材が揃っていたことに感謝しつつ、息子の好物ばかりを、せっせと拵《こしら》えた。

食品メーカーで次長を務める智男だから、接待で口が肥えているはずが、未だに母の手料理を喜んでくれる。なつ乃はそれが嬉しくてならなかった。

独り暮らしでは揚げ物を作ることは滅多にないので、油の鳴る音を聞くのも久しぶりに思う。普段は食器棚の奥にしまい込んだままの智男の湯飲みや茶碗を取り出すのにも、心が躍った。

「ああ、食った食った」

最後の挟み揚げを平らげると、智男は座卓を離れ、畳に大の字になって寝そべった。そうして、胃のあたりをすりすりと撫でさすってみせる。

「胃袋が破れそうなほど食ったよ。母さんの手料理はやっぱり旨いなあ」

「何ですよ、智男、お行儀が悪いったら」

牛になっても知りませんよ、となつ乃は言って、息子のためにデザートの桃の皮を剝く。熟していれば容易くスッと剝けるはずが、今回の桃は中々手強くて難儀する。

「どれ、貸して」

智男はむっくりと起き上がり、母親に手を差し伸べた。

不思議なことに、あれほど切れ切れになった皮が、智男の手にかかると、小気味よいほどスルリと剝ける。

巧いものねえ、と感嘆の声を洩らしたあと、なつ乃は、

「東京出張で寄るなら寄る、と前以《もっ》て言っといてくれたら良いのに」

と、小さく不満を伝えた。

悪い悪い、と智男は頭を振って見せる。

「今日、親父の月忌《がっき》だろ？　思い出したものだからさ」

剝いた桃をナイフで食べ易い大きさに割ってガラスの器に入れると、フォークでひとつ刺して、ほら、と母親に差し出した。果実から蜜が垂れて、実に甘そうだった。

だが、なつ乃はそれを受け取る代わりに、しげしげと智男の顔を眺めて、心配そうに眉を顰《ひそ》める。

「顔色、悪いわよ。それにお前、随分と瘦せたみたい。……無理してるんじゃないの？」

「そりゃまあ、そうさ」

視線を母親から桃に移して、息子は言い辛そうに声を低める。

「うちの親会社があんな大規模な食中毒事件を起こしたもんだから、後始末が

色々とね」

「まあ……そんなことがあったの？」

なつ乃は怯える眼差しを息子に向けた。

母親の驚愕で、肩透かしを食った気になったのか、息子はやれやれ、と両の肩をひょいと竦めた。

「母さん、新聞くらい読めよ。俺、母さんに心配をかけてるんだろうなあ、とこれでも気に病んでたんだぜ」

そう言って、智男は台拭きで手を綺麗に拭うと、襖《ふすま》を開けて隣室の仏間へと膝行《しっこう》した。

チーン、と澄んだお鈴《りん》の鳴る音を聞きながら、なつ乃は汚れた器を片付け始める。何気なく仏間を覗くと、智男がまだ熱心に手を合わせているのが見えた。

築六十年になろうかという家では、仏間が最も広く取られている。仏壇も大きくて、手前には舅姑《きゆうこ》、それに夫の遺影が飾ってあった。遺影に向かう息子の背中が中年らしく丸みを帯びている。月足らずで生まれた弱々しい赤ん坊だったはずが、今では小学六年生と四年生のふたりの娘の父親なのだ。なつ乃は智男の背を眺め、目もとをほんのりと和らげた。

「祖母ちゃんが呆けた時は悲惨だったよなあ」

手を合わせたまま、智男が呟いた。

「親父は昔気質《かたぎ》の男で一切手伝わず、母さんが可哀想だった」

なつ乃は器を重ねる手を止めて、

「お前が助けてくれたし、それにもう昔のことだから」

とだけ、応えた。

実際、あの地獄の日々を忘れたことはない。

七十を前に記憶が定着しなくなった姑は、大事なものを自分でしまっておいて、その場所を思い出せない。結局、嫁のなつ乃を泥棒呼ばわりするようになった。様子が変だから、と夫に訴えたところで聞く耳を持ってはくれない。それならば、と夫の姉や妹たちに事情を打ち明けて覗きに来てもらっても、どういう訳かその時だけ正気に返るのだ。

やがて症状が進むと、息子の顔さえ忘れ、排泄《はいせつ》のコントロールも出来なくなった。それでも足腰が丈夫なので、目を離すとすぐに表へ飛び出してしまう。警察に無事に保護されるまで、生きた心地もしなかった。

まだ「認知症」などという言葉も生まれていない時代、夫やその身内からは配慮が足りない、と罵られ、事情を知らないひとからは侮蔑の眼差しを向けられた。宗教の勧誘がどっと増えたのも記憶に残る。

暫く物思いに耽っていたなつ乃だが、智男がまだ仏間から戻らないことに気付いた。何をしているのかしら、と隣室を見れば、息子は部屋の中央に立ったまま、手にした新聞を読んでいた。なつ乃は振り返って座卓を見た。そこには今日の朝刊と夕刊とがきちんと畳んで置かれている。

変ね、あの子、いつの新聞を読んでいるのかしら。

首を傾げて、なつ乃は視線を智男に戻した。僅かに皺の寄った紙を見れば、少し前のもののようだ。何か興味を引く記事でも載っているのかしら、と思ったものの、じっと紙面に見入る息子の様子に、なつ乃は声をかけるのを控えた。

「せめて今夜くらい泊まっていけたら良いのにねぇ」

そんな母の声に送られて、智男は家をあとにした。

キヨスクで缶ビールを買って最終の新幹線に飛び乗れば、指定席は出張帰りの会社員で埋まっている。座席を見つけて、母から託された桃をそっと上の棚へ載せた。隣席では同年代の男性が週刊誌を読んでいた。開いたページの、「食中毒の波紋」「路頭に迷う子会社と下請け」等の見出しが視界に入って、智男は気まずく目を逸らす。

シートに深く腰を下ろすと、智男は缶ビールを開けて、苦い思いとともに呑み込んだ。

新横浜を過ぎて暫く行けば、人家の明かりは少なくなる。外の闇が車両の窓を鏡に変えて、陰鬱な智男の横顔を映していた。

窓の枠に片肘を置いて、智男はほろ酔いの頭で考える。

——まあ……そんなことがあったの？

あの時は本当に知らないのかと思ったが、仏間の文机には事件を報じた一か月ほど前の新聞が丁寧に畳んで置かれていた。「広がる食中毒の被害、全商品回収へ」という見出しが躍る第一面を思い出しただけで軽く動悸がした。

『あんな芝居して……。陰じゃあ随分と胸を痛めてんだろうな』

老いて小さくなった母親の姿を思い返して、智男はどうにも切なくてならなかった。

両膝の関節がすり減って痛むだろうに、畳の部屋しかない暮らしは辛かろう。段差だらけの風呂場や洗面所も気になってならない。

『いつまでもあそこで独り暮らしをさせておくのも酷だよな。けど、狭苦しいマンションで同居ってのも無理だし……』

妻の順子《じゅんこ》も、いずれは同居をすることに賛成してくれている。娘ふたりも祖母との暮らしの中で学べることは多いだろう。あの古い家を取り壊して更地にすれば、良い値で売れるだろうから、それを元手に一戸建てを購入しようか。あるいは東京への異動を申し出て、万が一それが叶えば、あそこを建て直してはどうだろう。

軽くなった缶を惜しみながら、智男はあれこれと思案を巡らせる。親孝行を隠れ蓑《みの》に、暫し、仕事上の厄介ごとを忘れてしまえるのが、今の智男にはありがたかった。

最終の新幹線の車内には、アルコールと乾きものの摘まみの臭いとが充満しているのだが、そこにふと甘い桃の香りが混じるのを感じて、智男は棚を見上げた。

桃が傷まないように、と段ボールを折り込んで作った箱が棚の端から覗いている。訪ねる度に、智男の家族へのちょっとした心遣いを忘れない母だった。

『いつまでも今のままじゃあな』

胸のうちで繰り返し、缶を思いきり傾けると、智男は最後のひと口を呑み干す。

車窓に街の灯が増え、そろそろ名古屋が近いことを窺わせた。

建てつけの悪くなった雨戸を宥め賺《すか》してガタガタと開けるのが、なつ乃の毎朝の日課となっていた。

庭に面した雨戸を次々に開けば、夏の強い陽射しが縁側から部屋の奥までを光で満たして、一日の始まりを告げる。難儀しつつも、無事に朝を迎えた喜びを胸に抱いて、なつ乃は額に浮いた汗を手の甲で拭った。

庭に目をやれば、まだ朝早い時間だというのに、土が白っぽく乾いて映る。

「今日も暑そうねえ」

そう呟いたあと、朝の仕度のために茶の間へと入ったなつ乃は、座卓の前でふと足を止めた。

卓上に布巾のかかった盆が置かれている。昨夜、自分がしたことなのだろうが、覚えがなかった。

両の膝を畳について、なつ乃は布巾を取った。

「まあ」

布巾の下から、湯飲みがふたつ、現れた。ひとつは蕪《かぶ》の絵付けを施した、使い勝手の良い普段用で、なつ乃のものだった。もうひとつは白地に藍の棒縞を染め付けた、大振りで少し値の張る湯飲み茶碗だ。

男物の湯飲みをしげしげと眺めて、なつ乃は首を傾げた。

それは智男専用のもので、いつもは食器棚の奥の方に仕舞い込んである。どうしてこんなところに、となつ乃は布巾を手にしたまま考え込んだ。

トゥルルル、トゥルルル、という電話の音で、なつ乃の思索は唐突に破られた。

なつ乃は中腰になって部屋の隅の電話台に腕を伸ばした。

お母さんですか？　ご無沙汰してます、と受話器の向こうでおっとりと話すのは、智男の妻の順子だった。標準語とは異なる、関西特有の抑揚が耳に優しい。

「まあまあ、順子さん、お元気？」

なつ乃は知らず知らず。華やいだ声を上げた。

子供は智男ひとりきり、娘に恵まれなかったこともあり、順子の存在はなつ乃には眩しい。

同じくひとり息子に嫁ぎ、辛酸をなめたなつ乃にとって、順子は守らねばならない存在だった。決して自分とは同じ思いをさせたくなかった。だからこそ、出来る限り智男の家庭には立ち入らず、遠くから見守る立場を通してきた。そうしたなつ乃の気持ちを汲んでいるのだろう、順子は控えめながら何くれとなく、老いた姑を気遣ってくれていた。

なつ乃は少しの間、にこにこと順子の話を聞いていたが、ふと気になって、

「えっ、桃？」

と、聞き返した。

はい、と電話の向こうで、順子は穏やかに応える。

「昨夜、智男さんがお姑《かあ》さまからだ、といって持ち帰った桃がびっくりするほど甘くて、美味しくて。春香《はるか》と聡美《さとみ》も夢中で食べていました。ひと言、お礼をと思いまして」

なつ乃は受話器を手に背後を振り返る。畳に寝転がる智男の姿が見えた気がした。

フォークを刺した桃から蜜が垂れていたことを、ふいに思い出す。

「そう……」

――胃袋が破れそうなほど食ったよ。母さんの手料理はやっぱり旨いなあ

――何ですよ、智男、お行儀が悪いったら

昨夜交わした会話が断片的に蘇る。

「それは良かったわ」

何とか応えたものの、なつ乃は気もそぞろだった。

そうだ、確かに来ていたのだ。昨夜、智男はここに。

忘れていた？　物忘れ？

そんな馬鹿な。

一瞬、頭が真っ白になった。

どうにか取り繕って会話を終え、受話器を置いたものの、なつ乃はその場を動けずにいた。

昨夜の記憶、それも久々に帰省した息子の記憶がごっそりと抜け落ちていた、という事実。

これまでも、老眼鏡を置いた場所を忘れたり、夫の月忌を失念したことはあった。でも、年相応、と割り切ることが出来た。

けれど、今回は……。

一体、私はどうしたというのだろう。

古い畳の部屋に身を置いているはずが、なつ乃は、そこに氷原の幻を見ていた。

足もとの分厚い氷が次々と割れて、深いクレバスが覗く。落ちてしまえば二度と這い上がることの出来ないクレバスが、なつ乃を今にも呑み込もうとしていた。

電車に揺られて小一時間、郊外にあるその総合病院は、なつ乃の夫が最期の日々を過ごした場所だった。建物は古いけれど、選り抜きの医師が揃う、と当時から評判も上々だった。

夫が亡くなったあとは、訪れることもなかった。とうに建て替えの時期を迎えているはずが、以前の姿と少しも変わらず、なつ乃を迎えた。

病院の受付や初診の手続きも、昔と変わりがなく、そのことがまず、なつ乃を安堵させる。職員に教えられた通りに神経科を訪ね、診察券を渡す。暫くして問診票を渡されたので、あれこれと考えた末、「物忘れが激しい」とのみ記した。

先に検査を、と命じられるまま、ＭＲＩと記された検査室へ行く。寝かされて、大層な騒音を聞きながら、画像検査を終える。

神経科の待合室に戻って周囲を見回せば、老若男女、様々な患者が待機していた。だが、高齢者で付添い人のいない者は、なつ乃だけのようだった。

「小磯なつ乃さん、こちらへどうぞ」

気の遠くなるほど待たされてから看護師に呼ばれ、第五診察室、と書かれた部屋へ通される。

三畳ほどの診察室は窓が中庭に面しており、百日紅《さるすべり》の桃色の花が窓辺に涼をもたらしていた。

「小磯なつ乃さんですね？」

智男ほどの年齢の医師は、名を確認すると、なつ乃に椅子を勧めた。医師の傍らには研修医らしい青年が控えている。

まだ画像がこちらに回って来ていないのですが、と前置きの上で、医師は穏やかになつ乃の双眸を覗き込んだ。

「小磯さん、幾つか質問をさせてください。今日は何月何日か教えて頂けますか？」

「八月八日です」

なつ乃が答えると、医師は畳みかけるように季節はいつかを尋ねる。次に今いる場所を問われ、現在の首相の名を問われた。いずれも正解だったのか、ふたりの遣り取りに耳を傾けていた研修医が幾度も首を縦に振った。

「では、これから言う三つの単語を覚えて頂きたいのです。まず、私のあとについて声に出して言ってみてください。良いですか？　では『猫』『電車』『紫』」

「猫、電車、紫」

なつ乃がゆっくりと繰り返すと、医師は、そうです、と笑みを零した。

「しっかり覚えておいてくださいね。では、今度はちょっとした数字のゲームをしましょう。今から私の言う数字を、逆に言ってほしいのです。たとえば『二、五』なら『五、二』というふうに」

わかりましたか、と問われて、なつ乃は自信が持てないながらも、こっくりと頷いた。

「では、行きますよ。『六、八』」

「八、六」

「三、五、二」

「二、五、三」

うんうん、と医師は頷き、さらにゲームを続ける。

「九、八、四、六」

「六、四……」

なつ乃は三つ目を思い出せずに口籠った。

三ケタの数字は逆に言えたのに、四ケタになった途端、訳が分からなくなったのだ。こんなはずでは、と手の中のハンカチを握りしめる。

なつ乃の動揺に気付かぬ振りで、医師は手もとの紙に目を落としたまま、質問を変えた。

「では、先ほど覚えて頂いた三つの単語を言ってもらえますか？」

「『猫』『電車』……あとひとつは……」

ハンカチを握りしめる手が、意図せずわなわなと震えている。

診察室内に漂う重い雰囲気とは裏腹に、窓の外には、父親に肩車された子供が手を伸ばして百日紅の枝を求める光景が映っていた。

「小磯さん、大丈夫ですか？」

看護師に支えられて、なつ乃は漸く診察室を出ることが出来た。画像が届くまで外の待合室で待機するよう言われたのだが、診察室のすぐ脇の廊下にはすでに他の人影もない。

見咎められないことを幸い、なつ乃は疲れ果てて、そこの長椅子に座り込んだ。

どれほどそうしていただろうか、検査技師と思しき半袖の白衣の青年が大きな茶封筒を抱えて診察室に入り、手ぶらで出てきた。よほど急いでいるのだろう、せかせかと足早に去っていく。

自分の画像に違いない、となつ乃は気付き、いけないと思いつつも、閉じかけた引き戸にそっと手を差し入れて中を覗き見た。

頭部と思われる画像を前に、先の医師と研修医とが話し込んでいる。

「脳の萎縮……アルツハイマーですね、先生」

研修医が黒い画像をすっとなぞって言うと、医師は、ああ、と首肯《しゅこう》した。

「ごく初期で、本人に病識がある珍しいケースだが、しかし、惨いことだな」

惨いこと、と繰り返して、研修医は首を捻っている。ペンを手に取り、カルテらしきものに記入をしながら、医師は吐息とともにこう洩らす。

「ある程度、症状が進んでしまえば楽だが、それまでは……。『正常な自分』と『壊れていく自分』とがひとつ身体に同居するわけだから、本人は辛いさ」

いずれにせよ、次は家族と一緒に受診してもらわないと、と医師は結んだ。


病院からどうやってバスに乗り、電車へと乗り継いだのか、なつ乃には覚えがない。我に返ると、予約票を手にしたまま、各駅停車の座席に浅く腰掛けていた。

あのあと、名を呼ばれ診察室に招き入れられて、説明を受けた。

病名を問うなつ乃に対し、医師は、

「それは次回、ご家族を交えてお話ししましょう」

と言って、告知を避けた。

診察室の隅で、研修医は居心地悪そうに目を伏せていた。

手渡された予約票には、二週間後の受診日が記載されている。

智男に話せるはずもない。手の中の予約票をクシャッと握り潰して、なつ乃は背もたれに身を預けた。

カタターン、カタターン
車体の振動が、老女を優しく慰める。

『同じだわ、姑と同じ』

アルツハイマー、と呟いて、なつ乃はバッグを胸に抱き締めた。

うおおおおお
うおおおおお
獣のごとく泣き叫んでいた姑の声が耳に蘇る。病状が進んで徘徊が治まると、ほぼ寝たきりとなった。終日、床の中で何かに怯えて呻き声を上げる。殊におむつの交換を嫌い、清潔なおむつを手にしたなつ乃が近付くだけで、大粒の涙を零した。おむつを替えるだけだから、と幾ら宥め賺《すか》しても、姑には伝わらない。

夫は仕事に逃げ、夫の姉妹はぱたりと訪ねて来なくなった。閉ざされた空間で姑と向き合う日々。あの当時、智男が支えてくれなければ、姑に何をしたか知れない。

『私も、姑のようになってしまうのだろうか』

恐い。

恐くて堪らない。

身体が小刻みに震えだして、奥歯がかたかたと鳴る。

『お父さん、お母さん、助けて』

神仏ではなく、ましてや亡夫や息子でもなく、なつ乃は胸のうちで、とうに泉下の客となった実の両親に救いを求め続けた。

深夜、なつ乃は文机の前に座り、大学ノートを手に取った。未使用のノートは夫の遺品である。

教職にあった夫は常に真新しい大学ノートを手もとに何冊も用意していた。夫のために仕立てた大島の着物など値の張りそうなものは義姉妹たちが「形見分け」と称して持ち帰ったが、大学ノートだけは引き取り手が無かった。日記をつける習慣のないなつ乃にとって、これまで手にする機会がなかった。

黄ばんだ表紙を開いて、ページを捲る。初めて空気に触れた嬉しさに、ノートはばりばりと音を立てた。全てのページをめくると、なつ乃は一枚目を開き、しっかりと筋目を付けた。

ノートの傍らに、写真が一葉。今年の連休にこの家の庭で写したもので、智男と順子、それに孫の春香と聡美がなつ乃を囲んでいる。なつ乃はその朝に咲いたばかりの、ヘルムート・シュミットという風変わりな名を持つ黄色の薔薇を手にして、この上なく幸せそうに微笑んで写っていた。

その写真をじっと眺めた後、なつ乃は自らを鼓舞してボールペンを握った。

智男へ
私が私でなくなる前に、これだけは書いておかねば、と思います。
お母さんが「自分」を保てなくなったら、病院か施設に入れてください。決してお前が介護したりしないでください。お前やお前の家族に、私のような思いをさせたくない。

そこまで書いた時、不意に視界が歪んだ。涙が勝手に溢れて、ノートに音を立てて落ちる。誰を憚る必要もないのに、なつ乃は声を殺し、身を震わせて泣いた。

酷暑の夏が過ぎ、小磯家の庭に虫の音が響く。やがて陽が落ちるのが早くなり、柿の実が色付き、赤く染まった葉がはらはらと頭上に舞う季節となった。

なつ乃にはまだ庭を美しく保つ意欲があり、今日も庭箒を手に落ち葉を掃き寄せていた。四季咲きのヘルムート・シュミットは花弁を広げて、芳しく香っている。なつ乃は薔薇が風に揺れるさまをうっとりと眺めつつ、箒を使う。

「食事、済ませたのかしら、私」

ふと、不安を覚えて箒を放し、なつ乃は庭先から仏間へと上がった。

老眼鏡をかけて、文机の上の大学ノートを広げて目を通す。そこには自身がしたことを、忘れないうちに箇条書きにしてあるのだ。それはなつ乃が考え出した自衛策だった。

「朝は鰺《あじ》の開きに、昼は煮込みうどん……ああ、そうよ、そうだったわ」

なつ乃は思い出せたことに安堵して、老眼鏡を外した。

同じ病気であっても、進行の度合いや病状は個々人で異なるはず。姑と全く同道筋を辿ると決まったわけでなし、大丈夫、まだ大丈夫、と我が身に言い聞かせて、なつ乃は大学ノートを閉じた。

珍しく都内で積雪が見られる冬となった。小磯家の庭も真っ白な雪で覆われ、その前を通る者も特に異変を感じることはない。だが、よくよく見れば、庭箒は柄を植木鉢に載せられたまま放置され、バケツは底を見せて庭の真ん中に転がっている。

雨戸が半分開いたままの縁側で、老女が大学ノートを前に首を捻っていた。

「このノートは何だったかしら」

ノートを開いて中を見たが理解かなわず、老女は長く息を吐いた。

まあいいわ、とだけ呟いて、老女はくたびれた大学ノートを放り出した。積もった埃がその勢いで舞い上がり、老女は軽く咳込んだ。

荒れ放題となった小磯家の庭で茫然と佇む智男が目撃されたのは、それから間もなくだった。

「小磯さんの奥さん、入院ですって」

「前から様子がおかしいとは思っていたのよ」

日頃、さほど交流のない近隣の住人たちも、さすがに小磯家の噂をした。ともかくも認知症になった老女が火事を出さずに居てくれた幸運を口にして、各自、胸を撫で下ろし、それぞれの日常へと戻る。

やがて不動産会社の下請けが、荒れ果てた庭ごと古い家を破壊して更地にし、「売地」の看板を立てた。駅から近いこともあり、すぐに買い手がついて、建ぺい率一杯にコンクリート製の三階建てが完成した。そこに鄙びた佇まいの家と、よく手入れされた美しい庭があったことなど、最早、誰も思い出しはしない。

翌年は梅雨明けが早く、一段と暑さが身に堪える夏になった。

九月半ばを過ぎても残暑は去らず、夕暮れ時になって漸く涼風を感じることが出来る。施設の屋上に置かれた木製のベンチに、なつ乃は中年の男性と並んで座っていた。

オレンジ色に染まり始めた情景の中で、橙色の電車が直向《ひたむ》きに走っている。なつ乃はそれを眺めるのが好きだった。

隣りの男性は、先ほどから熱心に大学ノートを読んでいる。表紙の黄ばんだ、随分とくたびれたノートだった。

「あなた、何を読んでいらっしゃるの？」

なつ乃に話しかけられて、男はノートから顔を上げた。

「母が」

少しくぐもった声で男性は答える。

「母が私に書き残してくれたノートです。行き詰まる度に読み返すんです」

男の声が揺れていることに、なつ乃は気付かなかった。

「そう」

なつ乃は鷹揚《おうよう》に頷いた。

「お母様はお幸せね。息子さんにそんなに思ってもらえるだなんて。――ああ、良い風」

屋上を吹き渡る涼風に、老女は、良い気持ちだわ、と両の目を細めた。

落日が思いがけず強い光を放って、男は老女の身を案じる。

「陽射し、きつくないですか？」

「いいえ」

親切な見知らぬ男に、老女は軽く頭を振ってみせる。

「今は春？」

「いえ、夏の終わりです」

男の答えを聞いて、なつ乃は、

「そう。なら、晩夏光《ばんかこう》ね」

と、笑顔を向けた。

「え？」

晩夏光の意味がわからないのだろう、男性は怪訝な表情をなつ乃に向けている。

「ほら、あの太陽」

なつ乃は小刻みに震える指で、橙色の球体をさし示した。

「真夏のギラギラした陽射しに比べて、柔らかで、まろみのある光でしょう？まるで今の私みたい」

なつ乃は自身もオレンジ色に染められながら、傍らの男に優しく微笑んだ。

「私ね、少し前まで何だかとても恐いものがあって……何か忘れてしまったけれど、とても恐かったのよ」

視線を夕陽に戻すと、なつ乃は静かな声で続ける。

「でも、今は違う。今は、この陽射しのような心持ちなの」

老女の横顔を見つめる男の瞳から涙が溢れ出た。

「そう……そうですか」

男は辛うじてそう応えると、掌で顔を覆った。

智男の嗚咽を隠すように、カタターン、カタターン、と音を立てて眼下を電車が通過していく。

幸福が遠すぎたら

二〇〇一年、元日。

曇天のために初日の出を拝めないまま、新年を迎えた。新潟市郊外にある倉橋《くらはし》の家は、年始に訪れる客もなく、同じ敷地内の酒造場も今朝は静まり返っている。

綿入れ半纏《はんてん》を羽織って、寒さに震えながら庭に出た桜《さくら》は、何か聞こえはしまいか、と立ち止まって耳を澄ませた。

昔、まだ桜が幼かった頃は、冬になれば出稼ぎの杜氏《とうじ》らが新酒造りのために酒造場に泊まり込んだ。従業員も家族も皆で揃って迎える新年の賑やかだったこと。振る舞い酒の香りの芳しかったこと。

だが、今はそんな片鱗さえ探し当てることは難しい。桜はショートカットの髪を掻き上げて、太く息を吐いた。

今日から始まる新たな一年が、どうしても希望に満ちた年になるとは思えない。

見通しの悪さが、気持ちまで暗くさせていた。

いやいや、と桜は首を振り、両の腕を広げて深く息を吸い込む。

仮にも倉橋酒造の代表である身、新年早々、弱音を吐いてどうするのか、と自身に言い聞かせて、門の方へと足を向けた。

郵便受けに手を入れると、年賀状の束が指先に触れた。輪ゴムをかけて小分けされた束を次々に取り出せば、奥に何か封書のようなものが挟まっているのが見えた。右手を突っ込んで引っ張り出す。

倉橋桜さま、と表書きされた定形サイズの封筒が、透明のシートの中に納まっている。

「ポストカプセル郵便？」

シートに大きく印刷されている文字を読み上げて、桜は首を捻った。下段、小さな印字をよくよく見れば、昭和六十年に開催された国際科学技術博覧会を記念して差し出された郵便物である旨が明記されていた。

「国際科学技術博覧会……ああ。つくば博のことか」

シートをひっくり返せば、中の封書の差出人欄が透けてみえる。そこに記された氏名を見て、桜は、軽く息を呑んだ。

国際科学技術博覧会、通称「つくば科学万博」のあった一九八五年に投函されたその手紙の差出人は、桃谷一也《ももたにかずや》。

連絡を取り合わなくなって久しいが、大学時代の友人だった。否、友人というよりも、桜にとっては当時、「同志」と呼ぶのが相応しい、大事な仲間だった。

居間の掘り炬燵《ごたつ》に腰を落ち着けて、二重の封を解いた。

「一体、何なのよ、これ」

便箋を開き、中身を一読した桜は、知らず知らず眉根を寄せる。そこには一篇の詩と、次のような文が綴られていた。

二〇〇一年三月三日、生きていたら俺は三十八歳になる。
梅と桜と桃、三人で祝いたい。
京福《けいふく》の嵐山《あらしやま》駅、午後三時に。

十六年後の桜へ　　桃より

「桃のヤツ、またすっとぼけたことを……」

こっちはとてもそんな暇は、と便箋を畳みかけて、桜はふっと手を止める。時代を経た紙から湿気の臭いが立ち上った気がした。それは学生時代に嫌というほど嗅いだ臭いだ。

大学の研究室、書棚には古い法律関係の本が並び、部屋の隅に置かれたスチール製の机を囲んで、学生三人が熱っぽく自説を戦わせている。そんな情景がぱっと脳裡に広がった。

桜よりも頭一つ分低く、小太りで童顔の「桃」こと桃谷一也。桃とは対照的に、背が高く端整な顔立ちの「梅」こと梅田善明《うめだよしあき》。そして、今より遥かに痩せっぽちで、分厚い眼鏡をかけ、長い髪を後頭部でひとつにまとめていた「桜」こと倉橋桜。

色褪せた古いカラー写真を見るように、蘇った記憶に心を惹かれて、桜は便箋を閉じるのを止めた。代わりに真新しいスケジュール手帳を捲って、三月のページを開いた。

「土曜日……」

桃の指定した日が休業日であることを確かめると、桜は顎を手の甲に載せて、じっと考え込んだ。

米どころ、加えて良質の水に恵まれる新潟には、古くからの酒蔵が多くある。また六、七年前には酒造りをテーマとした漫画やドラマが日本酒のブームを呼び起こした、と言われている。

ただ、現実には年々、日本酒離れが進み、消費量は減る一方だった。経営難に追い込まれ、代々続いた蔵を畳む者もあとを絶たない。桜が代表を務める倉橋酒造も苦戦を強いられていた。

倉橋酒造は明治末の創業で、桜はその四代目の当主になる。三代目として手腕を振るった父が病に倒れたのを機に、一人娘の桜が八年前に跡を継いだのだが、その時点ですでに業績は右肩下がりで落ちていく一方だった。

季節雇いの杜氏に頼る昔ながらの遣り方を廃して、雇用形態を一新した。何とか道を模索し続け、辛うじて持ち堪えてきたものの、そろそろ万策尽きようとしていた。

「桜、まだ休んでなかったのかい」

深夜、桜の部屋を覗きにきた母親が、心配そうに声をかけた。

「まだ休めるとこまで行かないのよ」

パソコンの画面から目を離さず、ぶっきら棒に桜は応えた。

早く寝室に引き上げてほしい、との娘の願いには気付かず、母は娘との会話の糸口を見つけようとしてか、部屋をぐるりと見回した。その視線が壁のカレンダーでぴたりと止まる。

「まあ、まだ二月のままじゃないの。月が替わってもう二日になるのに」

月ごとに捲るタイプの写真入りカレンダーは、確かに未だに二月のまま、捲られていない。

「そのまま放っておいて。自分で遣るから」

爪先立ってカレンダーを剝がそうとする老母を、桜はつい、強い口調で制した。

そうかい、と小さな声で応えて、母は腕を引いた。

機嫌の悪い娘をそれ以上刺激しない方が良い、と考えたのだろう、

「今週もお疲れさまだったね、なるべく早くお休みよ」

とだけ告げて、部屋を出て行った。

古希を過ぎた母親のことを労《いた》わらなければ、と頭ではわかっていても、厳しい日常に追われて実践できない。いや、それればかりか、じきにもっと辛い思いをさせることになるだろう。

桜は重い息をひとつ、吐いた。

気持ちを切り替えるために、椅子から立ち上がって、カレンダーの傍へ行く。ミシン目に添って二月分を剝がせば、下から翌月の暦が現れた。

見事な枝垂れ桜の写真が目を引く。

「三月か……」

桜は諦めた表情で暦を眺めて、肩を落とす。

倉橋酒造の決算は三月末。しかし、すでに別棟の執務室の引き出しには、これまで届いた督促状の束が隠されている。酒蔵の敷地建物とともに抵当権が設定されていて、銀行の融資も限界に達していた。電子機器や家財道具にまで差押えの札が貼られるのも、そう遠いことではなかろう。最早、桜ひとりの力ではどうにもならないのは明々白々だった。

自分の代で酒蔵を閉じてしまう悔しさや、それを唯一人の肉親である老いた母親に伝えねばならない苦しみ。考えれば考えるほど苦い胃液が込み上げてくるようで、桜はカレンダーに額を押し付けて壁に体重を預けた。

ほんの一刻で良い、休息がほしい。

倉橋酒造のこと、従業員のこと、母親のこと等々。投げ出すわけではない、ただ、ほんの一刻、そうした重責から逃れて息がつきたいだけなのだ。

暫くそうして、桜は重い身体を壁から外した。

「何を甘えたことを」

自らを叱責して、自嘲ぎみに三月の写真に目をやった。撮影場所の「京都」の文字に、あっ、と思う。円山《まるやま》公園の枝垂れ桜かと思ったが、よくよく見れば嵐山の中之島《なかのしま》公園のものと気付いた。

「嵐山……京福の嵐山駅……」

桜はそう呟くと、パソコンの脇に置いたままのスケジュール手帳に手を伸ばした。震える指で明日のページを捲る。そこには確かに自身の字で、「京福・嵐山駅、午後三時集合。梅桃桜で誕生祝い」と記されていた。

元日に届いた、桃からのポストカプセル郵便を読み終えた時に、よもや実現の意思もないまま、書き留めておいたものだった。

桜はその自筆から眼を逸らすことが出来なかった。

新潟では漸く最低気温が氷点下を免れて、雪で難儀することも少なくなった。また、例年、二月末から曇天続きのはずが、不思議と雛祭りの日だけは晴れることが多い。今年もどうやらそうらしく、空港のロビーから見た蒼天に、桜は少し慰められる思いがしていた。

老母が驚き、狼狽えるだろうことを想定して、日曜日に戻ることだけ書き残し、誰にも見つからぬよう、まだ暗いうちに家を出た。束の間の休息だから、と自身に言い聞かせ、罪悪感を空港ロビーに置き去りにして、桜は機上のひととなる。

新潟から伊丹《いたみ》まで、飛行機で一時間と少し。伊丹からはモノレールと私鉄電車を乗り継いで、京都の四条大宮《しじょうおおみや》へ辿り着いた時には昼を過ぎていた。

外に出てみれば、新潟よりもやはり少し暖かい。京都で暮らしている時は底冷えばかりの記憶があったが、空の色も陽射しの加減もとても心地よかった。

目の前に京福電鉄の駅が見える。最後に見た時はまだ改修工事中だったが、ビルと一体化した不思議な駅になっていた。

「随分変わったなあ」

大学を卒業して、郷里の新潟へ引き上げて以来、実に十五年ぶりの京都だった。

他の都市に比して京都は変貌が少ない、と聞くが、駅舎ばかりではない、見渡せば覚えのない町並みになっていた。

戸惑いながら、桜はケーキ屋を探す。

小さなケーキ屋は雛ケーキ一色になっており、何軒か渡り歩いてやっと、お洒落なカットケーキを扱う店を見つけた。

「おおきにぃ、またお越しやす」

久々に耳にする京言葉に送られて店を出る。手にした箱の重さが懐かしく、心が弾む。

こんなことをしている場合では、との悔いがちらりと首を擡《もた》げるのを無理に封じて、京福電鉄の四条大宮駅の改札を抜けた。

腕時計で時間を確認すると、午後二時半を回ったばかりだった。

「嵐山まで二十一分……丁度いい頃ね」

屋根で覆われたホームには、すでに車両が待機している。一両編成、上部がくすんだアイボリー、下が渋いグリーンで塗装された、見慣れた「嵐電《らんでん》」の姿だった。

懐かしい。

変わらぬ姿に、胸が優しさで満たされる。

こんな気持ちになれたのは、本当に久しぶりだった。桜はまだ空席の目立つ車両に足を踏み入れた。

ガタン、ゴトン、と嵐電は小さな車体を揺らして、京都の町を走る。

柵で守られた軌道を走っているかと思えば、民家の軒先やら交差点やら、路面電車独特の情景の中を、ガタゴトと小さな車体を揺らしながら走り抜けていく。

「就職活動、どないするん？」

「それより留年のピンチや」

そんな会話に視線を向ければ、大学生と思しき男女数名が吊り革にぶら下がって話し込んでいた。場所柄、美大生や外大生の利用も多いのだろう。今はお洒落で綺麗な子が多い、と桜は眩しい思いで彼らを眺める。

カラフルなジャケットを羽織った長身の男子大学生、明るい色にカラーリングした髪が印象的な女子大生、腰の低い位置でパンツを留めた小太りの男子大学生。

若い彼ら彼女らの姿が、桜の脳裡でかつての自分たちに重なっていく。

『十六年前、私たちもあれくらいだった』

キャメル色の分厚いダッフルコート一着で、冬を通した梅田善明。パン屋でパンの耳ばかり貰い受けて食べていた桃谷一也。美容院代が惜しくて、髪を伸ばしっぱなしにしていた倉橋桜。それぞれの名の一文字を取って、互いを「梅」「桃」「桜」と呼び合っていた。

三人はともに嵐電沿線に下宿し、この小さな電車に揺られて、市内の私大法学部に通う同級生だった。一浪しての大学進学、その上、将来は法曹界で生きる、という志まで同じだった。司法試験合格を目指して、終日、学内の研究室に籠って切磋琢磨《せっさたくま》しあったものだ。

基本書、と呼ばれる法律専門書は高価で、アルバイトを一切しない代わりに、親からの仕送りをぎりぎりまで節約して、とても倹しく暮らしていた。今どきの学生のようにお洒落でも綺麗でもなかった。

桜はコンタクトレンズのずれを直す振りをして、目の付け根をそっと指で押さえた。

――譲渡担保んとこ、全然わからん――

萎《しお》れた桃の声が聞こえる。

――根質《ねしち》とか根抵当《ねていとう》とか、絶対に出ない。出ないったら出ない――

苛々と叫ぶ桜自身の声も耳に届く。

——桃も桜も、そんなんで在学中に合格できると思うのか——

冷静な梅の叱責が飛んだ。

自主ゼミと称して、湿気臭い研究室に籠っていた日々が嵐電の車窓に重なって映る。

『確かに、そんな時代があった』

ガタン、ゴトンと嵐電はのんびり走り続けている。車体の揺れに身を委ね、桜は幻から逃れるように、そっと瞳を閉じた。目を閉じてなお、瞼の裏に当時の三人の姿が大写しになる。

『今思えば、あの頃が一番幸福だった』

桜は喉もとまでせり上がって来た切なさを、ぐっと呑み下した。

電車は徐行を始め、見覚えのある駅舎が前面に迫ってきた。上が女性専用のホテルになっている嵐山駅だった。桜は思わず立ち上がって、扉の前に移るとガラス越しに建物を仰ぎ見る。

「驚いた、まだ営業してるんだ」

今もホテルとして稼働していることを知り、古い友人に迎えられた気分になった。ドアが開くと一番乗りで外へ出る。

桃が指定した時刻にはまだ少しある。胸の高鳴りを抑えて、ゆっくりと改札へ向かおうとした、その時だった。

ホームのベンチに座っていた男と目が合った。髪を後ろに撫で付け、縁なしの眼鏡をかけた中年男性だ。上品なグレーのカシミヤのコートに、出張なのか、膨らんだビジネスバッグを抱えている。

「あ」

その男の口から小さく声が発せられた。

ベンチから腰を浮かせた姿を見れば、随分と背が高い。

「桜？」

男は桜を直視したまま、呼びかける。

「もしかして、桜なのか？」

「あ……」

眼鏡の奥のくっきりとした二重瞼に、かつての友の面影が重なり、桜もまた、裏返った声を上げる。

「やだ、梅？　梅なの？」

少し離れた位置から互いを確かめ合うと、ふたりは歩み寄った。

「ちょっと、梅！　あんたってば、すっかりオッサンになっちゃって」

着たきり雀だった梅が、如何にも中間管理職らしい装いになっている。友の風貌の変化に、桜は笑いながら、その腕をバンバンと叩いた。

「痛ぇ」

梅は叩かれた腕を撫でさすりながら、きっと桜を睨む。

「何だよ、自分だって立派なオバハンじゃないか」

「オバハンだと」

桜が歯嚙みしてみせた時に、改札の方から、おーい、おーい、と誰かを呼ぶ声がした。

「おーい、梅！　それに桜じゃないのか？」

声の主はと見れば、小太りの、少しばかり頭髪の薄くなった男で、こちらに向かって大きく両手を振っている。

紛う方なき、桃そのひとだった。

「桃」

梅と桜はそれまで諍《いさか》っていたことも忘れ、華やいだ声で友の名を呼ぶと、揃って改札へと駆けだした。

「まさか、本当に会えるなんてなあ」

開口一番、桃は感激の面持ちになっている。

「久しぶり」

照れながら桜が言えば、

「どうもです」

と、梅が付け加える。

そうしてごく自然に、揃って名刺を差し出していた。

「……」

名刺を持った三本の右手に目を留め、三人は一瞬、押し黙った。そしてひと呼吸置くと、わっと笑い声を弾けさせた。

「ゴメン、ゴメン、つい習慣で」

桜はちょろりと舌を出してみせる。

俺も、と梅が照れ笑いをしたのを受けて、

「お互い、仕事人間になったもんだなぁ」

と、桃も頭を掻いた。

今更引っ込めるのも変なので、互いの名刺を交換する。

桜は手にした二枚の名刺をしげしげと眺めた。住所等の連絡先のほか、梅の名刺には都市銀行本店名と法務室長代理という役職、桃の名刺には弁護士の肩書きとその登録番号が記されている。

「梅は東京、桃は……大阪？」

何よ、呼んだ本人が一番近いじゃないの、と桜は明るく愚痴を零した。

「私なんか新潟だよ。朝、飛行機で新潟を出発して、今、着いたんだからね」

「悪い、悪い」

謝罪の言葉とは裏腹に、すこぶる上機嫌の表情で、桃は笑っている。

梅は桃の名刺を感慨深そうに眺めて、

「結局、三人の中で夢を叶えたのは、桃ひとりか。大したもんだな、桃」

と、しみじみと言った。

「一回めの受験から合格まで、十三年もかかったけど」

両の肩を竦めて、桃は恥じ入ってみせる。

「それより、銀行の法務室勤務だなんて、如何にも梅らしいよ。うん、似合ってる。多分、『代理』が取れるのも、じきだな」

「おだてたって何も出ないよ」

相手の肩を柔らかく小突いてから、梅は今度は桜の名刺を示した。

「桜は家業を継いだんだな。『倉橋酒造』代表取締役、すごいなあ」

「体型まで昔とすっかり変わっちゃって」

脇から桃が、軽口を叩く。

痩せっぽちの身体に、歩く度に左右に揺れる太く束ねた髪。顔に散ったそばかすと、牛乳瓶の底のような度の強い眼鏡。

梅と桃の眼に映っているのだろう昔の自分に思いを馳せ、桜はふっと目の奥が温かくなる。それを悟られまい、と傍らの桃の丸い背中をばんばんと叩いた。

「ふっふっふ、中年太りと補正下着の効果で、今やすっかり巨乳だわさ」

「痛っ！　相変わらず馬鹿力だな、桜は」

桜の手から逃れて、駅舎から表通りに躍り出た桃を、春の陽射しが包む。薄くなった髪に交じる白髪がきらりと輝いてみえた。

桜は首を捩じって、梅を見上げる。梅は無言のまま頷いてみせると、桃のあとに続いて陽だまりへと大きく足を踏み出した。

京福電鉄嵐山駅の表通りは、府道二十九号線にあたり、そのまま南下すれば桂川《かつらがわ》に架かる渡月橋《とげつきょう》へと繋がる。この界隈は一時、タレントショップが軒を連ねていたと聞くが、今はそうした類の店は目に映らなかった。流行の波が襲い、静かに引いたあとの情景を愛でて、桜は十五年の空白をむしろありがたいと思っていた。

土曜日なので、そこそこ人通りのある渡月橋を、桜を真ん中にして、身を寄せ合うようにして渡る。桜の開花にはまだ早く、右手側に広がる嵐山が蒼天に緑の帯を巻いていた。

「嬉しかったなあ、十六年前の桃からの手紙」

ぽつんと呟く桜に、ああ、と梅が相槌を打った。

「よくぞ実家の住所宛てにしてくれたもんだ。正月で帰省中だったから、受け取った時は驚くやら感激するやら」

しんみり言ったあと、梅は揶揄する口調で言い添える。

「しかし、桃がこんなロマンチストだとは知らなかったぞ」

桃はといえば、不自然に視線を嵐山の方へ向けたまま、唇を解いた。

「あの年、梅と桜だけ択一に合格して、俺はダメで。どうしたものかと、目の前が真っ暗になっていたんだ」

当時の司法試験は五月に行われる短答式（別名「択一」）、七月の論文式、そして十月の口述式、と三段階の勝ち抜き戦だった。合格率は全体の二パーセント弱。受験回数に制限はなく、合格者の平均年齢は三十歳近かった。受験生の多くは幾度失敗しても、諦めることなく挑戦を続けていたのだ。

「あの時、何となく思ったんだ。二〇〇一年まで俺、生きてんのかなあ、って」

桃はそう声を低めた。

同じ研究室の先輩で、論文に落ちたあと、アパートの屋上から身を投げたひとがいた。働きながら受験を続け、無理が重なって入浴中に心筋梗塞を起こしたひともいた。

中国の科挙と並び称されるほど過酷だった時代を知る三人は、鎮魂の思いで口を噤んだ。

陽射しは麗《うら》らかなのに、渡月橋を渡る川風はまだ冷たい。沈黙が寒々しく感じられて、桜はわざと明るい声を出した。

「手紙に書いてあった詩、ほら、『さよならだけが人生ならば　人生なんかいりません』って。あれ、良いよね。誰の詩なの？」

桜の問いかけに桃は黙って笑うばかり。代わりに梅が答えた。

「寺山修司《てらやましゆうじ》だよ。題名までは知らないけれど、インパクトあるよな」

唐の時代に詠まれた「勧酒」という詩の中の一句「人生足別離」に、「『サヨナラ』ダケガ人生ダ」との名訳をつけたのが井伏鱒二《いぶせますじ》だった。寺山修司の先の詩は、それを踏まえてのものだ、と梅は語る。

「片や『さよならだけが人生だ』と言い、片や『さよならだけの人生ならいらない』と言う。正反対のことを言ってるようでいて、その実、根っこは同じじゃないのか、と最近よく思うんだ」

怪訝そうな表情の桜に、梅は目もとを緩めた。

「例えば、旅立つひとを送る時に、もう二度と会えないかも知れない場合と、これから先も再会できるだろう場合とでは、送り手の覚悟も違ってくる。それに、勇気や希望に溢れたひとに対するのと、失意の中にあるひとに対するのと、はなむけの言葉は同じではないと思う。でも、言葉は違えど、そのどちらもが相手への人生の応援歌なんだ、と俺は思――」

ちりりり、と優しい音が後ろから迫り、梅は言葉途中で桜と桃を庇うように橋の隅へと寄った。

「すみませーん」

高い声を残し、三人の脇を自転車に乗った若い女性たちが颯爽《さっそう》と走り抜けていく。その後ろ姿を春陽が優しく包んだ。

冷たい川風を受けて渡月橋を渡りきれば、嵐山公園は目の前だ。

花見の時期には早いため、ビニールシートを広げるひとの姿もない。桂川を見渡せるベンチに、三人は腰を落ち着けた。

「ハッピー・バースディ、桃！」

「三十八歳、おめでとう」

桜の用意したケーキを手に、桃の誕生日を祝福する。梅の重そうな鞄の中身は、グラスとワインとお摘まみとウェットティッシュだった。

「美味い」

苺をふんだんに使ったケーキにかぶりつくと、桃は幸せそうに目を細める。

「昔を思い出すなあ。ほら、答案練習会の帰り、ここまで足を延ばして、ふたりが買ってくれたホールケーキを食ったっけ」

桃の台詞に、桜は梅と顔を見合わせる。

「ゴメン、桃。今だから言うけどさ、あの頃は貧乏だったからバースディケーキを買えなくて、一番安い雛ケーキで代用してたのよね」

両の手を合わせる桜の横で、梅も申し訳なさそうに頭を下げた。

「答練が終わったら夕方で、半額とかになってたんで……。だから今日は埋め合わせに、桃が生まれた年のワインを買ってきたぞ」

ほら、と梅がボトルを手にしたのを見て、桃は慌てて立ち上がった。

「悪い、俺、酒は止めてんだ。ちょっとそこの自販機で缶コーヒー買ってくる」

引き留める隙も与えず、桃は自販機めがけて駆けていく。

その後ろ姿を見守って、梅がつくづくと言った。

「あいつ、本当によく頑張ったなあ」

うん、と桜は深々と頷く。

「司法試験も随分と変わったし、来年の法改正でさらにがらりと変わるらしいけど、私たちが受験生だった頃は合格者も少なくて、過酷のひと言だったもの。心も身体も壊さずに、よく初志貫徹したと思う」

「そうだよな。苦労した分、ひとの気持のわかる良い弁護士になれる。あいつはこれからもっと活躍するぞ」

梅はボトルを持ち上げて、桜のグラスに真紅のワインを注ぎ始めた。

「なあ、桜。俺たち互いに連絡を取り合わなくなって、十年くらいになるのか」

「ええと、最後に三人揃ったのは、梅の結婚披露宴……いや、違うな、確か私が父の跡を継ぐ二年くらい前だったから……」

桜は、グラスを持たない方の指をゆっくりと一本ずつ折っていく。

「うん、ちょうど十年くらいになる。梅んとこは、去年あたり、結婚十年だったんじゃない？　あの可愛い奥さんはお元気？」
二、三度会ったきりだが、関西訛りの、ふんわりとした何とも柔らかな雰囲気の女性だった。長身の梅に寄り添う姿が微笑ましく、実に似合いの夫婦なのだ。
ワイングラスから口を外して、梅は短く答える。

「死んだ」

「えっ？」

聞き間違えたのだろう、と桜は訝しげな眼差しを梅に向けた。それをしっかり受け止めて、梅は平らな声で続ける。

「死んだんだよ、六年前の震災で」

ガランガラン、と賑やかな音が足もとで響いた。見れば、地面に缶コーヒーを転がしたまま、桃が呆然と立ち竦んでいる。

大丈夫だ、とでも言いたげに、梅は軽く首を振り、桜と桃とを交互に見た。

「八か月の身重だった。初産だし、実家の方が何かと心丈夫だろうと思って、早めに里帰りさせたのが仇になってしまった」

彼女の両親も駄目だった、と短く言い添える。

梅、と掠れた声で名を呼んだきり言葉もない桜に代わって、桃はそっと友の肩に手を置いた。

気が付けば、蒼天に浮かぶ雲は朱色を帯び、周辺に黄昏の気配が漂い始めていた。嵐山が桂川に黒々と影を落とし、橋上も黄金色に輝き始める。

宴を終えて、三人は渡月橋に佇んでいた。

「言おうかどうか迷ったんだけど」

欄干に両の手を置いて、桃がひと息に言葉を継いだ。

「俺、癌だって」

桜と梅は同時に息を呑んだ。

棒立ちになるふたりに、桃は人差し指をきゅっと曲げ、親指と繋いで小さな円を作ってみせる。

「肝臓癌。直径二センチ、これくらいのが一個あるって。ベッドが空き次第、入院する」

「も、桃」

桜と梅は両側から桃の腕をそれぞれ取った。

深刻な表情のふたりを代わる代わる見て、桃はほろりと笑う。

「大丈夫だよ。医療技術が進んだ今なら、それくらいじゃ死なないさ。ただ、精神的にきつかったのは」

桃は、桂川の流れに視線を落とす。

夕陽を受けて燃え始めた波間に、鈴鴨の群れが気持ちよさそうに浮かんでいる。

それに目を留めて、桃は淡々と続けた。

「発病して初めて、C型肝炎のキャリアだとわかったんだ。その途端、嫁さんは出ていっちまった」

「何それ」

血液が逆流するほどの怒りを覚えて、桜は怒鳴った。

「どういうことよ。あんまりじゃないの。そんな薄情な話、あり？　ねえ、梅」

桜に水を向けられて、梅はすこぶる冷静な声で応える。

「病気に対する正しい知識があれば、偏見なんか持ちようがないのに」

「少しも変わらないなあ、桜も梅も」

桃は、くすっと仄かな笑いを洩らした。

「瞬間湯沸かし器みたいに、すぐカッとなる桜。どこまでも冷静に分析する梅。本当に、こっちが安心するくらい変わらないや」

桃に言われて、桜と梅は顔を見合わせる。

「……そう言えば」

桜が言い、

「……そうかも」

梅が答える。

思い当たることがあり過ぎて、三人は笑い始めた。クスクスと密やかな笑いだったものが、徐々に増幅して、ついには揃って腹を抱え、笑い転げた。

笑いながら、桜はふっと時間が十六年前に巻き戻るような錯覚を得ていた。

華やかさとは無縁の、ただひたすらに地味で垢抜けず、苛々するほど要領が悪くて、貧しい青春時代だった。けれども、何としても自分たちの人生を切り拓いていこう、という気概があった。若さだけが持つ、清々しい誇りがあった。

黄昏色に染まる渡月橋の上で、桃が、梅が、そして桜自身が、あの若い日々の姿へと戻っていく。

キャメル色のダッフルコートの梅はまだ震災を知らず、もらい物のパンの耳ばかり齧っていた桃の肝臓に癌は無く、そして、長い髪を束ねた桜は、家業の困難を知らず……。

「やだ」

桜は右の掌をそっと口にあてがった。

「笑い過ぎて涙が出てきた」

声に出した途端、双眸から涙が溢れ出し、桜はそのまま膝を折って蹲る。

桜、と小さく呼んで、しかし梅も桃も、桜の涙がおさまるのをじっと待った。

気が付けばとうに西の空に残照を留めるのみで、辺りを夜の帳《とばり》が覆い始めていた。

「ふたりとも今日はゆっくり出来るんだろ？」

ハンカチで洟《はな》をかんでいる桜に気付かぬ振りで、桃が明るく提案する。

「明日は日曜だし、今夜は俺ん家に泊まらないか？」

「お、良いね」

梅が言い、桜もまた、賛成、と挙手してみせた。

「あ、その前にちょっと電話を一本、入れさせて。ええと、公衆電話は、と」

目を凝らして橋の向こうに電話ボックスの明かりを探す桜に、梅は鞄から取り出した携帯電話を差し出した。

「これ、使えよ」

「ありがとう、助かる」

桜が礼を言うと、梅は橋の袂《たもと》の明かりの点いている店を示す。

「ゆっくり話すと良い。俺たち、あそこで桜餅を買ってるから、終わったら来なよ」

「桜餅ぃ？」

桃が素っ頓狂《とんきょう》な声を上げる。

「おい、梅、どうして桜餅なわけ？」

「桃、お前、酒は禁止なんだろ？　今夜は飲み明かす代わりに、三人で食い明かすぞ。覚悟しておけ」

きっぱりと言って、梅は桃の腕を無理にも引っ張って橋を渡って行く。

ふたりの後ろ姿が遠ざかるのを待って、桜は自宅の電話番号を押した。二回めの呼び出し音が聞こえる前に、先方の受話器は取られた。相手が名乗る前に、桜はそのひとを呼ぶ。

「お母さん」

朝から電話の前を離れずにいただろう母を思い、桜は真っ先に詫びた。

「心配かけてゴメン。今、京都です」

受話器の奥から安堵の吐息が洩れた。

お前ひとりに重荷を背負わせて、と母が震える声を絞り出すのを、桜は、

「お母さん、聞いてください」

と、遮った。

ふり仰げば、嵐山の尾根にひときわ眩く輝く金星が懸かる。それに目を留め、桜は決意を込めて告げた。

「亡くなった父さんには申し訳ないけれど、不渡りを出した以上、倒産は免れないと思う。それでも……」

声が掠れかけたので咳払いをして、さらに言葉を繋ぐ。

「それでも、必ず立ち直ってみせる。立ち直ってみせるから」

どれほど困難な道のりであったとしても、諦めずに歩いて行こう。

ぽっきりと折れてしまいそうだった性根が、今は弾力を取り戻していた。

「おおい、桜」

「桜ぁ」

通話を終えて声の方を見れば、橋の向こうで、梅と桃とが手を振っている。ふたりして腕に提げている包みは桜餅なのだろう。

あんなに沢山買って、と柔らかに笑いながら、桜は地面を蹴ってふたりのもとへと駆けだした。

桜の胸に、桃の書き記した寺山修司の詩が溢れていた。

幸福が遠すぎたら

寺山　修司

さよならだけが
人生ならば
また来る春は何だろう
はるかなはるかな地の果てに
咲いてる野の百合《ゆり》何だろう

さよならだけが
人生ならば
めぐりあう日は何だろう
やさしいやさしい夕焼と
ふたりの愛は何だろう

さよならだけが
人生ならば
建てたわが家は何だろう
さみしいさみしい平原に

ともす灯りは何だろう

さよならだけが
人生ならば
人生なんか　いりません

あとがき

この本をお手に取ってくださって、ありがとうございます。時代小説の世界でデビューする以前、私は随分と長い間、川富士立夏《かわふじりっか》という筆名で漫画原作を生業《なりわい》にしていました。ありがたいことに、当時の作品群を覚えておられるかたも多く、折に触れて、「あの原作を小説にしないのですか」とお尋ね頂きます。中でもリクエストの多かったのが、「軌道春秋」という短編連作でした。

一九九九年から二〇〇四年にかけて、集英社の「ＹＯＵ」という女性向けコミック誌に二十八回に亘り連載された「軌道春秋」は、作画を担当してくださった漫画家、深沢《ふかざわ》かすみさんと二人三脚で、大切に紡ぎ続けた作品でした。読み手の心に寄り添うような原作に仕上げたい、と試行錯誤を続けた日々は私にとってかけがえのない財産です。その「軌道春秋」を、「是非とも、うちで小説に」と仰ったのが双葉社さんでした。二年前の初冬、その話し合いに訪れたひとたちの真剣な眼差しが忘れられません。

生きにくい時代です。辛いことと哀しいことが多く、幸福は遠すぎて、明日に希望を見いだすことも難しいかも知れない。それでも、遠い遠い先にある幸福を信じていたい――そんな想いを、本編の登場人物たちに託しました。

今を生きるあなたにとって、この本が少しでも慰めになれば、と願います。

あなたの明日に、優しい風が吹きますように。

二〇一三年十一月

髙田　郁

（なお、本編の「返信」は、北海道陸別町の町民文芸誌「あかえぞ」（二〇〇三年発行）に寄稿したものを加筆修正の上で収録させて頂きました。そのほかは「軌道春秋」の原作脚本の中から八編を選んで小説として書き改め、収録させて頂いています）

本書は文庫オリジナル作品です。

北海道ちほく高原鉄道ふるさと銀河線は、残念ながら二〇〇六年四月二十一日をもって廃止されました。現在は陸別駅を起点とする観光鉄道「ふるさと銀河線りくべつ鉄道」となり、運転体験のできる施設として人気を博しています。

寺山修司「幸福が遠すぎたら」は、『寺山修司詩集』（ハルキ文庫）から引用しました。

本作品はフィクションであり、作中に登場する人物、団体名等は全て架空のものです。

双葉文庫

た-39-01

ふるさと銀河線《ぎんがせん》
軌道春秋《きどうしゅんじゅう》

2013年11月17日　第１刷発行
2022年 7月22日　第13刷発行

【著者】
髙田郁《たかだかおる》

【発行者】
箕浦克史
【発行所】
株式会社双葉社
〒162-8540 東京都新宿区東五軒町3番28号
［電話］03-5261-4818（営業部）　03-5261-4831（編集部）
www.futabasha.co.jp（双葉社の書籍・コミックが買えます）
【印刷所】
大日本印刷株式会社
【製本所】
大日本印刷株式会社
【カバー印刷】
株式会社久栄社

【フォーマット・デザイン】
日下潤一

ISBN978-4-575-51630-2 C0193
Printed in Japan